FABLES,

POÉSIES DIVERSES

ET

QUELQUES CHANSONS.

AMIENS. DE L'IMPRIMERIE DE CARON-VITET.

FABLES,
POÉSIES DIVERSES
ET
QUELQUES CHANSONS

DU CHEVALIER
COUPÉ DE SAINT-DONAT,

Chef d'Escadron d'Etat Major, Chevalier de l'Ordre royal
de la Légion d'honneur et de l'Ordre royal et militaire de
St.-Henri de Saxe, membre de la Société royale académique
des Siences, Lettres et Arts de Paris, de l'Athénée des Arts
de la même ville, de l'Académie des Arcades de Rome, etc.

A PARIS,

Chez Alexis Eymery, Libraire, rue Mazarine, n°. 30;
Et chez Michaud, Imp.-Lib., rue des Bons-Enfans, n°. 34.

1818.

En vertu de la convention arrêtée entre M. le Chevalier Coupé de St.-Donat *et le S^r.* Caron-Vitet, *Imprimeur-Libraire à Amiens, ce dernier étant devenu propriétaire de cette édition, et les exemplaires ayant été déposés conformément aux lois, il déclare qu'il poursuivra devant les tribunaux tout fabricateur ou débitant d'éditions qui ne porteront pas son paraphe.*

PRÉFACE.

La vanité de passer pour modeste a fait imaginer le jargon des préfaces : jargon, dans lequel tout en avouant qu'un ouvrage est peu de chose, on cherche cependant à prouver au public que l'on a eu de bons motifs pour le lui donner.

Je pourrais suivre la méthode ordinaire ; mais j'aime mieux avouer franchement que, bien que je connaisse l'immense supériorité de mes maîtres dans les différens genres dans lesquels je me suis exercé, un grain d'amour paternel m'a porté à rassembler ici mes enfans perdus, et à donner tout comme un autre un petit Recueil de Fables et Poésies diverses.

L'orgueil n'aime pas les remontrances directes. Si la vérité, dite sans ménagement, était bien accueillie, on n'aurait pas besoin, pour corriger les hommes, de prêter leurs vices aux animaux, et d'imaginer ces petits contes qui n'ont d'autre fondement que le but moral de celui qui les imagine. Mais l'homme, et surtout l'homme puissant, se révolte au seul soupçon d'une leçon ou d'une censure ; il faut donc que le moraliste imite l'artifice de la mère de l'enfant malade dont nous ont parlé Lucrèce et le Tasse, c'est-à-dire qu'il couvre de sucre les bords du vase qui contient la potion amère ; delà est née la Fable. Elle ne tend à rien moins qu'à terrasser l'hydre du vice à l'aide de l'arme légère du ridicule ; mais tandis que le Vaudeville moral, qui a le même but que la Fable, montre cette arme à découvert, celle-ci s'efforce encore de la dérober aux regards. Tout son art n'est qu'un jeu simple et amusant qui nous attache et nous instruit, qui ne heurte jamais de front ce qu'il se propose de détruire.

Je n'entreprendrai pas de faire ici une poétique de la Fable : ce sujet a été si souvent traité, et d'une manière si supérieure par ceux qui m'ont précédé dans la carrière, que je ne puis que renvoyer à ce qu'ont dit Le Batteux et La Harpe, dans des ouvrages écrits *ex professo*; La Motte, dans le discours préliminaire de ses fables; D'Ardène, dans un autre discours qui se trouve à la tête de son recueil et qui est une vraie poétique du genre; Florian, dans une dissertation ingénieuse qu'il établit entre lui et un vieil amateur, et surtout le bon La Fontaine, dans sa courte préface.

La Feinte est un pays plein de terres désertes, disait ce premier de tous les fabulistes français à ceux qui pourraient le suivre un jour dans une carrière qu'il avait ouverte le premier.

Ce grand homme a donné l'exemple d'instruire les hommes et de les conduire à la vertu par une critique fine et enjouée des vices, moins choquante qu'une censure directe.

On a cru long-temps la langue française peu propre à traiter le genre de l'apologue. Patru, dans cette persuasion, voulait détourner La Fontaine de son dessein de composer des Fables. Ce célèbre orateur ne croyait pas le Français susceptible de se plier à cet agrément, à cette naïveté, à cette élégance qu'il avait raison de regarder comme les caractères distinctifs du genre. Le *bon homme* travailla, et Patru fut détrompé. La simplicité toute nue d'Esope, l'élégance un peu froide de Phèdre s'animèrent entre les mains de l'*inimitable*; le Génie de la Fable lui prodigua tous ses dons : les Ris et les Amours ne le quittèrent point ; les Grâces lui taillèrent ses crayons, et il écrivit sous la dictée de la Nature. Tantôt il donne des modèles admirables pour la simplicité du récit, pour l'élégante naïveté, pour la précision du dialogue ; tantot il s'élève jusqu'au trône des Dieux, et après avoir amusé les enfans, il instruit les Sages et les Rois.

Après lui , La Motte , Dorat , Le Noble , Richer, Crozellier, Ganau, D'Ardène, l'abbé Aubert, etc., ont donné des recueils de Fables; et quoi qu'ils ne soient pas sans mérite , ils n'empêchent pas que Florian ne vienne se placer immédiatement après le maître. Ce fabuliste philosophe n'a pas, il est vrai , la naïveté du bon homme ; mais il est délicat, abondant en pensées ; il fronde les travers du cœur et de l'esprit, et toujours gracieux et pur , il plaît, il amuse, il instruit, il corrige. Les écrivains timides se traînent languissamment sur les traces de ceux qui les ont précédés, et ressemblent à des Pygmées qui veulent suivre les pas d'un géant; mais Florian a un autre caractère d'originalité. Sa touche , sa manière , son coloris ne sont empruntés à qui que ce soit : tout est à lui. Il y a sans doute un grand intervalle entre l'auteur de la fable *des Animaux malades de la peste* , et celui de celle *des Singes et du Léopard* ; mais il est beau d'être assis au second rang , quand La Fontaine occupe le premier.

Toutes les fois que l'impression fait éclore un nouveau fabuliste, on ne manque guère de le comparer à La Fontaine, et tout en faisant cette comparaison on répète que La Fontaine est incomparable ; on tance la sotte présomption du nouveau venu d'avoir voulu écrire des Fables, et cela n'empêche pas les fabulistes de pulluler au point qu'ils sont aujourd'hui presqu'aussi nombreux que les chansonniers. Je pourrais compter au moins cinquante fabulistes vivans ; tous, il est vrai, ne sont pas de la force de MM. Le Bailly et Arnault ; tous n'ont pas la grace élégante de Mme. Joliveau ; mais enfin tout fait nombre, et j'espère bien me cacher dans la foule.

La plupart des Fables qui forment mon petit recueil n'étaient pas destinées à la publicité. Composées pour rendre plus sensibles quelques vérités. morales un enfant chéri que la mort vient de m'enlever, elles pouvaient se passer d'élégance.

Quelques unes se sont échappées de mon porte-feuille : j'étais loin de m'attendre au succès qu'elles ont obtenu ; l'indulgence du public m'a prouvé que le hasard fait encore quelquefois trouver des fleurs dans un champ

Qui ne se peut tellement moissonner
Que les derniers venus n'y trouvent à glaner.

Entendues avec indulgence dans les séances publiques de la Société Royale Académique des Sciences de Paris, dans celles de l'Athénée, éparses dans les recueils et les journaux du temps, les juges littéraires les plus estimables ont bien voulu me donner des encouragemens ; enfin, recueillies à l'étranger, elles y ont eu l'honneur de la traduction.

M^r. CAMILLO UGONI, qui a traduit La Fontaine, et qui lui-même est un fabuliste distingué, a donné une édition d'une partie de mes Fables, avec traduction italienne en regard, à Brescia, chez Bettoni, en 1808, et depuis, une édition toute italienne, à Florence.

Vous avez vu par fois une jeune villageoise qui revient dans son hameau après avoir fait fortune. Ses parens l'admirent, ils n'osent presque plus regarder comme leur fille une belle demoiselle couverte de diamans.

Voilà ce qui m'arrive pour quelques uns de mes apologues qui, après leur excursion en Italie, sont redevenus Français sous la plume d'un de nos plus élégans écrivains.

Feu M^r. GINGUENÉ (*), dont l'Institut de France

***

(*) Nous devons à M. GINGUENÉ une excellente histoire littéraire d'Italie, dont les premières livraisons ont été mises en vente, à Paris, chez Michaud, imprimeur-libraire, rue des Bons-Enfans, n°. 34, du vivant de l'auteur. M. Ginguené avait terminé depuis long-temps son ouvrage; mais il n'avait pas eu le temps de revoir et de soigner l'impression des tomes VII et VIII qui restaient à fournir, lorsque la mort est venue l'enlever à ses utiles travaux. MM. Daunou et Amauri Duval, ses confrères à l'Academie, se sont chargés de le suppléer dans cette tâche. Ainsi tout nous porte à croire que les deux derniers volumes qui doivent bientôt paraître, seront dignes des premiers, et que cet important ouvrage, l'un des plus beaux monumens de notre littérature, ne restera pas imparfait.

Outre l'*histoire littéraire d'Italie*, on trouve à la librairie de pleure encore la perte, a donné dans ces derniers temps un recueil de Fables dont il convient avoir pris les sujets dans des auteurs italiens ; il était loin de penser que quelques unes de celles qu'il reproduisait étaient Françaises d'origine, et que leur auteur vivait encore. Sa Fable du *Poisson du Lac* qu'il a traduite de Giovani-Gérardo de Rossi, n'est qu'une contre-épreuve et une réplique à ma Fable *des Poissons*, dans laquelle j'avais voulu mettre en action le passage si connu de Cicéron : *Malo periculosam libertatem quàm quietum servitium.* Celle de *la Citrouille et du Palmier* qu'il a prise dans Ugoni, est la traduction de ma Fable de *la Courge et du Palmier*.

M. Michaud, les ouvrages suivans de M. Ginguené, qui, réunis, composent ses œuvres poétiques.

Les Noces de Thétis et de Pélée, poëme de Catulle, traduit en vers françàis, 1 volume grand in-18, avec le texte latin en regard, et des notes et variantes, Paris, 1812.

Fables nouvelles, 1 vol grand in-18, Paris, 1811.

Fables inédites, servant de supplément au recueil du même auteur, imprimé en 1811, et suivies de quelques autres poësies, entr'autres *la Confession de Zulmé, le Poëme d'Adonis*, etc...

M^r. Camillo Ugoni ayant bien voulu faire connaître mes faibles productions à l'Italie, un sen-
timent tout-à-la-fois de justice et de reconnaissance
m'a porté à placer ici, à la suite de mes Fables,
quelques unes des siennes. Les amateurs de la
littérature italienne me sauront gré, je l'espère,
de leur procurer l'occasion de faire une comparaison qui, je le sens, ne sera pas à mon avantage.

Après les Fables, je joins ici quelques Opuscules
qui me sont échappés au milieu des occupations
d'une vie toute militaire. Ces pièces ont pour moi
un intérêt que le public ne peut pas partager.
Chacune d'elles me rappelle la circonstance pour
laquelle elle a été composée.

J'ai mis le tout sous la protection du PRINCE
ROYAL, aujourd'hui S. M. LE ROI DE SUÈDE ET
DE NORWÈGE, CHARLES-JEAN, glorieusement
régnant. Celui qui depuis vingt-cinq ans a cons-

tamment été mon appui, avait des droits à cet
hommage.

En parcourant ce recueil, je retourne pour ainsi
dire sur mes pas dans le sentier de la vie ; il
est une époque où cette marche rétrograde n'est
pas sans agrément. Après avoir parcouru la plus
belle moitié du chemin, on aime à regarder
derrière soi avant de continuer sa route.

Deux amis me sont restés toujours fidèles
dans la prospérité et dans le malheur ; ils m'ont
constamment accompagné dans les cités, dans les
camps et sur les champs de bataille ; en Egypte,
en Italie, en Grèce, en Russie, partout où les
événemens de la guerre m'ont porté, ils ont été
près de moi : l'un de ces amis, c'est mon Horace ;
l'autre, le bon La Fontaine. Avec eux, j'ai trouvé
des roses là où je n'entrevoyais que des épines :
ils m'accompagneront jusqu'au terme du voyage.

ODE

A SON ALTESSE ROYALE

Monseigneur

LE PRINCE ROYAL DE SUÈDE

ET DE NORWÈGE.

———

Au tronc d'un saule, suspendue,
Loin du séjour du Dieu des vers,
Ma lyre dormait détendue,
En butte aux assauts des pervers.
Mais un jour plus pur vient d'éclore,
Et déjà sa corde sonore
S'apprête à seconder ma voix :
L'Ange de la reconnaissance,
Du sein des vastes cieux s'élance,
Pour la replacer sous mes doigts.

Ainsi que le faible lierre
Qui du chêne a perdu l'appui ,
J'allais , étendu sur la terre ,
Périr accablé par l'oubli.
Mais par toi , PRINCE magnanime ,
L'espoir dans mon cœur se ranime.
C'est toi , qui d'un puissant effort ,
Deux fois , au milieu de l'orage ,
Des flots domptant pour moi la rage ,
A mis ma barque dans le port.

Porté sur les aîles rapides
Du fougueux coursier d'Apollon ,
J'irai , près du nom des Alcides ,
Dans l'Olympe inscrire ton nom.
Qu'un autre doive à sa naissance
Et son éclat , et la puissance
Dont nous le voyons revêtu.
Pour toi , semblable au fils d'Alcmène ,
Tu n'as rien qui ne t'appartienne ;
Tu dois ton rang à ta vertu.

Si la douce lyre d'Horace
Sous mes doigts pouvait s'animer,
Et si du sommet du Parnasse
Apollon daignait m'inspirer,
Rival orgueilleux de Malherbe,
Bientôt dans une ode superbe,
Prenant mon vol audacieux,
Parmi les Héros Scandinaves,
Au rang des Charles, des Gustaves,
J'e te placerais dans les cieux.

Alors de ma veine facile
Découleraient les plus beaux vers;
En te chantant, nouvel Achille,
Ma voix charmerait l'univers.
Mais pardonne, si je m'abuse,
Et si, sans l'aveu de ma Muse,
Je touche à ton laurier vainqueur.
Ne vois dans ma folle imprudence
Qu'un excès de reconnaissance
Et que la faute de mon cœur.

Ah ! si ma voix ne peut suffire
A nombrer tes faits éclatans ,
O PRINCE *, d'un léger sourire*
Daigne encourager mes accens.
Ma Muse , timide bergère ,
T'offre une guirlande légère
D'épis dorés et de bleuets ,
Qu'après Esope et La Fontaine ,
Elle va cueillant dans la plaine
Pour te composer des bouquets.

Regarde d'un œil favorable
Sa naïve timidité.
Souvent le masque de la Fable
Est utile à la Vérité.
Tu sais que Minerve elle-même ,
Fuyant des Dieux le rang suprême ,
Visite par fois nos vallons ;
Et moins sévère et plus jolie ,
Vient , sous l'habit de la Folie ,
Nous donner d'utiles leçons.

Lorsque sur ma barque légère
Grondera l'orage en courroux,
C'est sous ton appui tutélaire
Que je prétends braver ses coups.
Des traits odieux de l'envie,
Toi seul préserveras ma vie,
Conduisant mon esprit craintif,
Ainsi que sur les mers profondes,
Un vaisseau, souverain des ondes,
Traîne après lui son frêle esquif.

FABLES

ET

POÉSIES DIVERSES

DU CHEVr. COUPÉ DE St. DONAT.

FABLES.

Et nugæ seria ducunt.

~~~~~~

LE LINOT ET LES OISEAUX.

FABLE PREMIÈRE.

A Monsieur Evariste Parny.

Dans un cercle nombreux d'oiseaux,
Certain linot gazouillait son ramage :
On l'applaudit, il obtînt le suffrage
Des coucous, des piverts, même des étourneaux,

Du suffrage des sots Dieu garde le génie ;
Mieux vaudrait mille fois tous les traits de l'envie.
Notre linot rougit, non sans quelqu'embarras ,
Car de charmer les sots qui ne rougirait pas ?

  Honteux, confus sous le poids de sa gloire :
  Messieurs, dit-il à son sot auditoire,

Vous êtes très-savans ; mais en dièze, en bémol,
Je ne connais qu'un juge, et c'est le rossignol.

———————

~~~~~~

LA ROSE ET LE PAPILLON.

FABLE II.

Dans un parterre un papillon
Voltigeait auprès d'une rose.
Brillant était ce papillon,
Entr'ouverte était cette rose :
Quoique léger le papillon
Se fixe bientôt sur la rose.
« Monsieur, dit-elle au papillon,
» Je suis fragile, je suis rose,
» Et je sais trop qu'un papillon
» Peut ternir l'éclat d'une rose ;
» Retirez-vous, beau papillon,
» Respectez l'honneur de la rose. »
« Eh ! quoi, reprit le papillon,
» Vous me chassez, aimable rose :
» L'Amour lui-même est papillon,
» Son teint a la couleur de rose ;

» Ses aîles sont d'un papillon ,

» Ses flèches d'épines de rose.

» Zéphyr n'est-il pas papillon ,

» Et votre mère , aimable rose ,

» Flore , à ce joli papillon ,

» N'a-t-elle pas donné sa rose ?

» Si les appas d'un papillon

» Brillent comme ceux de la rose :

» Si tout l'éclat d'un papillon

» Ressemble à l'éclat de la rose ,

» Vous conviendrez qu'un papillon

» Peut être l'époux d'une rose.

» N'attriste pas ton papillon ,

» Belle mais trop cruelle rose :

» Je jure , foi de Papillon ,

» Constance éternelle à la rose. »

Éloquent fut ce papillon ,

Trop crédule fut cette rose :

Aussi bientôt le papillon

Se blottit au sein de la rose.

Heureux, l'inconstant papillon

Part , voltige de rose en rose ;

Chaque rose eut ce papillon,
Ce papillon eut chaque rose.
Regrettant son beau papillon,
Sur sa tige mourut la rose.

Aux beaux discours du papillon
Ferme l'oreille, aimable Rose.
Un amant, c'est le papillon,
La jeune fille, c'est la rose.

LES DEUX RATS
ET LE CHAT ENDORMI.

FABLE III.

Après avoir croqué force souris,
  Un chat dormait dans la gouttière.
Eh quoi, disait un rat, tu fermes la paupière !
  Infâme Raminagrobis,
Tu dors !... Le doux sommeil est-il fait pour le crime !
Mon fils, mon tendre fils vient d'être ta victime.
  Inaccessible à la voix du remords,
  Gorgé de sang, tu digères, tu dors !...
Paix, dit un autre rat, tremble qu'il ne s'éveille.
  Le Ciel permet que le méchant sommeille
    Afin d'adoucir notre sort :
    N'ÉVEILLONS PAS LE CHAT QUI DORT.

~~~~~~

LA COURGE ET LE PALMIER.

FABLE IV.

Une courge alliant aux rameaux d'un palmier
Sa tige destinée à ramper sur la terre,
    Grâces aux soins du jardinier,
Se crampona si bien qu'au séjour du tonnerre
    Elle portait un front altier.
La courge en s'élevant fut prompte à s'oublier :
Les rangs tournent la tête à tous tant que nous sommes.
    Ce fait n'a rien de singulier,
L'histoire de la courge est l'histoire des hommes.
    La nôtre donc avec dédain
    Disait au palmier : Mon voisin,
Quel âge avez-vous donc?—Mais j'ai cent ans, ma chère.
— Cent ans ! pauvre petit, que je plains ta misère,
    Vit-on jamais telle lenteur ?
    Eh quoi ! tu mets cent ans à croître !
    Regarde-moi, je ne fais que de naître,
    Déjà je t'égale en grandeur,

Je prête à ton feuillage un abri protecteur;
Que serai-je à cent ans ? Si je sais me connaître,
Des végétaux un jour je dois être le maître.

        Lors le palmier lui répondit :

Jeune étourdi , tu crois me faire injure,
Mais que tu connais peu les lois de la nature ;

        Entends donc sa voix qui te dit :

CE QUI CROÎT EN UN JOUR , EN UN JOUR EST DÉTRUIT.

~~~~~~

LA VIOLETTE ET LE CHARDON.

FABLE V.

Auprès de l'humble violette
    Croissait un orgueilleux chardon,
Arbuste pointilleux, grand ami du lardon ;
Traitant de fleur des champs, de petite grisette
    La violette dont l'odeur
    L'incommodait par sa fade douceur :
    » En vérité j'ai l'âme bonne !
    » Quoi ! je vous souffre ici, ma bonne !
» Allons, défaites-vous de cette exhalaison,
» Végétez à mes pieds, imitez le gazon ;
» Je veux bien par égards pour ma cousine Flore
» Partager avec vous les larmes de l'Aurore.... »
Il fut, disant ces mots, croqué par un baudet.

Un tendron de quinze ans qui faisait un bouquet
Y mit la violette à côté de la rose.

Le mérite modeste est pourtant quelque chose.

———————

~~~~~~

LES DEUX LIVRES.

FABLE VI.

D'auprès de moi retire-toi , coquin,
　　Disait un livre en maroquin ,
Doublé de fin tabis et bien doré sur tranche ,
Au livre qui, placé près de lui sur sa planche ,
　　Était vêtu de simple parchemin.
　　　A la violette sous l'herbe
C'est encor le chardon parlant avec dédain.
Ce livre si brillant qu'était-il ? un Cotin :
　　　Son voisin était un Malherbe.

~~~~~~

JUSTICE ET VAILLANCE.

Fable VII.

(Septembre 1808.)

Du roi des animaux on vantait le courage,
Son œil étincellant au milieu du carnage,
Ses griffes et ses dents, attributs des héros.
Courtisans d'applaudir. Mais parmi ces propos
Il s'élève une voix qui dit : Monarque auguste,
On cesse d'être grand en cessant d'être juste.
Qui parlait donc ainsi ? c'était Sire Éléphant,
Connu depuis long-temps pour sa rare prudence.
— Eh qui l'emporte donc du juste ou du vaillant ?
Dit le lion. — Seigneur, voilà ce que je pense :
Si justice régnait parmi les potentats,
On pourrait, je le crois, se passer de vaillance :
Le courage souvent a perdu des états.
Réfléchissez-y bien : Seigneur, c'est la justice
Qui des trônes des rois affermit l'édifice.

5.

~~~~~~

LE RENARD ET LE BOUC.

FABLE VIII.

A S. E. le Marquis De la Romana.

PRUDENS finem respicit,
Dit le curé de mon village.
Or savez-vous ce que ce latin dit ?
Mes amis , il dit que le sage
En tout considère la fin.
Maître Goupil, renard hypocrite et malin ,
Voyageait un beau jour avec dom Capricorne,
Portant barbe d'hermite et respectable corne.
A travers les déserts tous deux allaient , dit-on,
Vers le temple fameux de Jupiter-Ammon ;
Non pas que Goupil fût un dévot personnage ;
Mais le matois avait l'usage
De battre en tous lieux les chemins ,
Et de vivre aux dépens des pauvres pélérins.
Le bouc, en cheminant, lui raccontait l'histoire
De Jupiter : J'ai, dit-il, cette gloire ,

D'être son allié : mon grand-père Egypan
Était cousin germain de son fils le dieu Pan ;
    Dans les archives de famille
J'ai lu certaine histoire, à mon gré très-gentille ;
Je te la veux conter ; le fait est très-certain,
    C'est un miracle de Jupin,
        Mon cousin.
    Dans les sables de la Lybie
Mon aycul Egypan avait de grands troupeaux,
Mais pour les abreuver il ne trouvait point d'eaux,
    Tout serait mort de la pepie.
Il adressa ses vœux à Jupiter-Ammon,
Et comme entre parens on s'oblige sans peine,
Jupiter fit sortir d'un roc une fontaine,
    En le touchant du bout de son bâton ;
Comment le trouves-tu ? — Certes le tour est bon,
Un tel miracle à point nous viendrait, mon compère,
Car j'ai soif, et grand'soif, et ne vois point d'eau claire ;
J'aperçois bien un puits. Implore tes parens,
Les grands, les petits Dieux, les Pans, les Egypans,
Moi je songe au moyen de descendre dedans.
(Il court y regarder.) Achève ta prière,
Mon cher bouc, dans ce puits j'aperçois ton grand-père,
Avec moi, mon ami, viens le considérer.
    Le bouc y court et, voyant son image,

Crie au miracle, Eh ! vas donc embrasser
   Ce respectable personnage ,
Lui dit maître Goupil , je te suis , descends donc.
L'archi-sot , bien qu'il eût de la barbe au menton
Descend. Notre renard suit et se désaltère.
    Le dieu Pan était disparu.
    Il est fantasque ton grand-père ,
    Mais grâce à lui nous avons bu ;
Il faut sortir d'ici. L'autre dit : comment faire ?
— Mets-toi là , je saurai te retirer d'affaire.
Des cornes et du dos du barbu compagnon
Il vous forme une échelle , et de cette façon
   Incontinent hors du puits il s'élance.
Et le cousin des dieux ? — le bouc ?... Il reste au fond ;
    Le renard par un beau sermon
    Vous l'exhorte à la patience,
Et lui dit : Mon ami , le proverbe a raison ;
   LA BARBE N'EST PAS LA PRUDENCE.

LA CHASSE DU LION.

FABLE IX.

On chassait en commun. Au retour de la chasse,
Lion aux animaux dit : Messieurs, sans façon,
Que chacun prenne ici sa part de venaison :
    Avec justice il faut que tout se fasse ;
    Faites les parts, Messire Aliboron.
    Alors l'expert à longue oreille
Forme des lots égaux, et croit faire merveille ;
    Mais comme un sot il opéra :
    Egalité dans le partage
    Au lion fut un outrage.
Le prince en rugissant sur l'âne se jeta,
    L'étrangla,
    Puis pour arbitre désigna
Un renard, fin matois connaissant bien son monde,
Adroit jurisconsulte et cervelle profonde ;
De chaque prétendant il discuta les droits,
    Cita la coutume, les lois,
Prouva que des sujets n'avaient rien à prétendre,

Parla du grand Cyrus, de César, d'Alexandre,
Et conclut qu'ici-bas tout appartient aux rois.
    Les animaux n'osèrent contredire ;
Chacun fuit, harassé, rendu, mourant de faim.
Sire, dit le renard, l'honneur doit leur suffire :
Ils ont couru le cerf avec leur souverain.
Le lion eut le tout. En prince il fit bombance,
Et le rusé renard y trouva sa pitance.

LE LOUP CONVERTI.

Fable X.

Messer Loup un beau jour sortit de ses forêts ;
Ce loup était savant, plein de philosophie :
    Il avait lu que dans la vie
    Le vrai bonheur vient de la paix ;
Mais la paix, disait-il, n'est jamais le partage
    D'un être affamé de carnage.
Je prétends adoucir et réformer mes mœurs,
Protéger les troupeaux, défendre les pasteurs,
De l'état social prendre la politesse....
    Mes ayeux, remplis de rudesse,
Ont croqué les moutons ; moi je veux les garder.
    Le fermier n'a qu'à commander.
Le dogue que l'on dit et vaillant et fidèle,
    Le dogue sera mon modèle ;
Je prétends mériter et l'estime et l'amour
    De tous les moutons d'alentour.
Tandis que sagement raisonne ainsi le sire,

Un berger passe, et le loup de lui dire
Et son plan de réforme et tous ses beaux projets ;
Comment pour le servir il quitte les forêts,
Le berger l'applaudit, et bientôt lui confie
  La garde de la bergerie.
  D'abord le tout alla fort-bien ;
  Notre loup pythagoricien
Ne mangeait que de l'herbe. Une telle abstinence
 Le fit maigrir. Lorsque vide est la panse,
   On réfléchit,
   Et l'on se dit :
 Bien sot est celui qui maigrit,
Quand il peut s'engraisser. Le loup ne s'en fit cure
Et revint franchement à la loi d'Epicure ;
Si bien que, reprennant ses appetits gloutons,
  Un jour il croqua les moutons.

Un loup est toujours loup, il faut qu'on s'en méfie,
Ces beaux mots de réforme et de philantropie
Ne font rien à l'affaire. Par ainsi gardons-nous
De mettre nos troupeaux à la garde des loups.

~~~~~~

LE CAPUCIN

ET LA MOUCHE DU COCHE.

FABLE XI.

» Dans ce vaste univers tout est créé pour moi,
» Je suis de la nature et le chef et le roi :
    » L'astre éclatant qui brille sur ma tête,
» Sa sœur au front d'argent, l'effrayante comète,
» Ces millions de flambeaux scintillans dans les cieux
       » Pour le plaisir de mes deux yeux
» Tournent sans-cesse autour des sept astres de l'Ourse,
» Me font la révérence et poursuivent leur course ».
Qui tenait, direz-vous, un discours si hautain ?
Etait-ce un grand-mogol, un empereur romain ?
Gengis ou Tamerlan au fort de la conquête ?
    Non, mes amis, c'était un capucin,
    Un frère-lay revenant de la quête.
Or, tandis que du monde ainsi parle le maître,

Insolemment sur le nez du patron
Vient se camper un moucheron
Encor tout fatigué d'avoir conduit un coche :
Or sus reposons-nous , disait-il , sans reproche,
Je puis bien boire un coup : le Maître du destin
A tout exprès pour moi créé ce capucin.

~~~~~~

LÉS OISEAUX DE RAPINE.

FABLE XII.

On immolait un bœuf à Jupiter.
Un condor l'aperçut du vaste sein de l'air,
Et prit sur le bûcher sa part du sacrifice :
C'est , disait-il, avec justice
Que je prétends faire ici mon repas ;
Chacun sait que l'aigle est mon frère ,
Il est l'ami du maître du tonnerre,
Et Jupiter en fait grand cas ;
Sur son dos, dans l'olympe il porta Ganimède :
C'est donc raison que ce dieu-là me cède
Quelque peu de son bœuf : il doit récompenser
Nos services sans balancer.
Comme il dit, un faucon aux aîles étendues
S'abbat aussi du haut des nues :
Je prétends de ce bœuf enlever mon lopin ,
L'aigle, dit-il , est mon cousin ;
Ce foudre dont les coups épouvantent la terre ,

Mon cousin le tient dans sa serre :
Dînons donc. Mais bientôt arrive le milan,
Autre cousin de l'aigle, il en dit tout autant,
Prouve son droit, enlève sa pitance.
Or, des cousins nombreuse était l'engeance,
On vit arriver tour-à-tour
La cresselle, le duc, l'épervier, le vautour,
Le gerfault, vieil ami du père,
Et l'émérillon, son compère ;
La chouette, le chat-huant
L'avaient connu petit enfant.
Enfin chaque voleur de la gent volatille
Se prétendant de l'aiglonne famille,
Enleva son morceau. Le dieu n'eut que les os.
Princes, vos favoris.... Mais chut !... point de propos.

~~~~~~

DANAÉ ET JUPITER EN PLUIE D'OR.

FABLE XIII,

TIRÉE DES MÉTAMORPHOSES D'OVIDE.

A S. E. le Marquis Paulucci,
Lt.-général, Gouverneur de Riga, etc.

ACRISE fut un Roi célèbre dans l'histoire......
L'histoire... ai-je bien dit ? non pas, mon conte bleu
Se trouve dans la fable. Eh ! qu'importe, morbleu;
Dissimulons ce point; il faut en faire accroire.
Acrise donc tenait le sceptre dans Argos ;
Son peuple était heureux. Sous ce prince admirable,
Du matin jusqu'au soir un bourgeois tenait table,
Buvait, riait, chantait, ne payait pas d'impôts.
C'était là le bon tems. Nul ne faisait la guerre
Sous ce prince charmant, sinon à coups de verre.
Las ! lui-même un beau jour vint troubler son repos.
Il était dans la fleur de ses belles années :
Les dieux semblaient sur lui verser à pleines mains
Mille prospérités l'une à l'autre enchainées.

Hélas ! pourquoi faut-il que les faibles humains ,
Laissant les biens réels que leur fait la fortune ,
Mécontens d'un bonheur dont ils peuvent jouir ,
Osent imprudemment , d'une main importune ,
Soulever le rideau qui cache l'avenir ?
Acrise malheureux , gémit , il fond en larmes ,
Par de noires frayeurs son cœur est tourmanté ;
Les plaisirs les plus vifs pour lui n'ont plus de charmes
Depuis le jour fatal où , par lui consulté ,
Un oracle divin , d'une façon précise
Fit entendre ces mots : « O Malheureux Acrise ,
» Un jour ton petit-fils doit porter dans ton flanc
» Un poignard homicide , et répandre ton sang ».
Le monarque d'Argos n'avait lors qu'une fille ,
Un tendron de quinze ans , l'espoir de sa famille :
La belle Danaé , dont les appas naissans
Sollicitaient déjà les regards des amans.
Je connais le danger de devenir grand-père ,
Dit le Roi , n'allons pas agir à la légère :
Ma fille , je le sais , se pique de fierté
Fait parade aujourd'hui d'insensibilité ;
Le seul nom de l'hymen l'effarouche et la blesse.
C'est fort bien ; mais pourtant le dieu de la tendresse
Pourrait faire si bien , qu'un jour , sans mon avis ,
On me fabriquerait ce fatal petit-fils.
Il faut.... Mais quel combat pour ce malheureux père ,

Il presse sur son sein cette fille si chère.
Perdra-t-il un enfant si tendrement aimé?
Pourra-t-il d'une main et barbare et traitresse
A son ambition immolant la princesse,
Se priver d'un objet dont son cœur est charmé?
Non, jamais.... Mais il voit un parricide armé,
Enfonçant dans son sein un fer avec furie,
Lui ravir à-la-fois et le sceptre et la vie.
Que faire? que résoudre? On mande le Sénat,
On expose l'affaire. Un conseiller d'état,
(Ces Messieurs ont toujours quelque bon stratagême),
Pour sauver le Monarque et sa fille elle-même,
Propose au Roi craintif de jeter sans façon
Sa tendre géniture au fond d'une prison.
« Ainsi malgré l'arrêt des chênes de Dodone,
» En dépit de l'oracle et du fils de Latone,
» Sire, je garantis que Votre Majesté
» Pourra, par ce moyen, dormir en sûreté ».
Ce charitable avis fut approuvé d'Acrise.
Bientôt on l'exécute; et le papa benin
Vous met son cher enfant à l'abri de surprise,
Sous de triples verroux, dans une tour d'airain.
Onc ne se vit, dit-on, de prison aussi forte,
Elle est impénétrable à la clarté du jour,
Des dogues, des soldats en défendent la porte;
Le silence et l'horreur règnent dans ce séjour.

Le papa s'applaudit et redevient tranquille,
Croyant sa Danaé dans cet obscur asile,
En état de braver les ruses de l'Amour.
Mais Jupiter épris de la jeune mortelle,
Ne voit pas sans dépit, enfermer sa donzelle.
Il en sent redoubler son amoureux tourment.
Souffrirai-je, dit-il, que cette citadelle,
A l'objet de mes vœux, serve de monument ?
Je saurai bien trouver quelque ruse nouvelle
Qui me fasse percer ce sombre appartement.
Volons sans plus tarder où l'amour nous appelle.
Il dit... En or fluide aussitôt transformé,
Le monarque des dieux roule au sein d'une nue
Qui se trouve d'aplomb à l'instant suspendue
Sur le haut du donjon où gît l'objet aimé.
Tandis que le soldat se morfond dans la rue,
Jupiter goutte à goutte en arrose le toit,
Se coule, fait si bien qu'il trouve en maint endroit
Maint pertuis entrouverts, mainte sombre avenue.
Le liquide métal se glisse, s'insinue,
Transsude de partout, et, dans le fort d'airain,
Sait si bien à propos se frayer un chemin,
Qu'en forme de rosée il pénètre, il arrive
En flocons jaunissans sur la jeune captive.
L'éclat inattendu de ce métal charmant,
A Danaé, dit-on, était loin de déplaire.

Ah ! combien d'ennemis en ce fatal moment
Attaquent à-la-fois cette beauté sévère.
Notez d'abord l'ennui d'un affreux traitement,
Ensuite les horreurs d'un cachot solitaire ,
Son célibat forcé , les soupçons de son père ,
Tout lui parle en faveur de son heureux amant.
De Danaé bientôt la fierté s'humanise ,
Grace à l'or , grace aux fers où la retient Acrise ;
Le métal amoureux subjugue sa vertu ,
Jupiter est heureux sans avoir combattu.

Or sus moralisons. Que prouve cette fable ?
C'est d'abord que la gêne et la captivité
Ne forment pas toujours un moyen immanquable
D'assurer la vertu d'une jeune beauté.
Et puis que l'or peut tout. Un céladon soupire ,
On est sourd au récit de son triste martyre ;
Mais quand un financier fait sonner des ducats,
L'honneur , ma foi, l'honneur peut bien sauter le pas.

~~~~~~

LE SOURICEAU.

FABLE XIV.

« PRENDS bien garde , mon enfant ,
» Prends garde , le chat te guette ;
» Avant de te mettre en quête
» Examine prudemment.
» Prends bien garde aussi , ma chère ,
» Prends garde à la souricière :
» Ce piège que les humains
» Tendent sur tous nos chemins ».
C'était ainsi qu'à sa fille ,
Une mère de famille
Donnait de prudens avis ;
Cette mère était souris.
Elle répétait : Ma chère ,
D'un redoutable adversaire
Crains la griffe , crains la dent ;
Prends garde au chat , mon enfant :
De ta race infortunée

Ce monstre est le destructeur :
Il a dévoré ta sœur,
Crains la même destinée.
Examine prudemment,
Prends garde au chat, mon enfant.
— Comment est-il fait, ma mère ?
— Il ressemble à la panthère,
Il a le regard ardent,
Sa gueule est rouge de sang ;
De plus, ce monstre terrible
Porte une moustache horrible.
— Je le connaîtrai vraiment,
Dit notre jeune étourdie.
Zeste, la voilà partie,
De tous côtés trottinant,
Cabriolant, gambadant.
Bien loin du trou de sa mère,
Aux chats ne songeant plus guère.
Tout en trottant, dans un coin
Elle aperçoit un engin,
C'est une espèce de cage,
Où de lard et de fromage
On avait mis un repas.
Elle dit : n'approchons pas,

Car c'est ainsi que ma mère
M'a dépeint la souricière....
Mais quel est cet animal ?
Il a l'air franc et loyal,
D'un sage il a la figure,
D'une hermine la fourrure ;
On voit bien à son poil gris
Qu'il est l'ami des souris :
Faisons-lui la révérence.
Disant ces mots elle avance.
C'était Raminagrobis,
Ce chat à qui rien n'échappe ;
Il fait un saut, ril la happe....
Souriceau te voilà pris.
Ma morale on la devine :
NE JUGEONS PAS SUR LA MINE.

Sous les traits du souriceau,
Qu'ai-je peint ? Un jouvenceau
Qui débute dans le monde ;
Sur son savoir il se fonde,
Il croit connaître les gens,
Il est dupe des méchans :
Il voit un piège, il l'évite,
Et se livre à l'hypocrite.

LE LION DÉBONNAIRE.

FABLE XV.

Sultan lion, monarque des forêts,
Voulut un jour pour le bien de l'Empire,
    Et pour celui de ses sujets,
De chacun d'eux recevoir des placets,
Où librement on aurait droit de dire
    Le bien ainsi que les abus
Du système régnant. Sa Majesté lionne
Chargea son visir l'ours, très-savante personne,
    Et dont chacun connaissait les vertus,
    D'examiner le tout dans sa sagesse,
Puis d'en faire un rapport succinct à sa Hautesse.
Du monarque on craignait et la griffe et la dent,
Par ainsi le rapport fut très-satisfaisant :
Les animaux gardaient un silence fort sage,
Et l'ours d'attribuer, ainsi qu'il est d'usage,
    Ce silence à contentement ;
    Il rendait compte cependant

5

Que certains loups du voisinage
S'étaient permis sur le peuple mouton
Leur ordinaire brigandage :
Qu'il convenait de chasser du canton
Ces turbulans. Cette demande est sage,
Dit le monarque, il faut protéger mes sujets :
Je croquerai les loups pour punir leurs forfaits ;
Et, comme aux opprimés je veux être agréable ,
Je défends qu'aux moutons on touche désormais :
Je les réserve pour ma table.

L'OISON

VOULANT REMPLACER LE CYGNE.

FABLE XVI.

CERTAIN cygne aux oiseaux enseignait la musique :
 Le rossignol , instruit par ses leçons ,
  Reproduisait dans ses chansons
Du docte professeur le langage harmonique.
Le linot , le pinçon étaient ses écoliers :
 Il corrigeait le chant de la fauvette,
 A roucouler instruisait les ramiers,
Et réglait les fredons de la vive alouette ;
Chacun l'applaudissait : quand , ouvrant ses ciseaux
  La Parque mit avec sa vie
  Fin aux leçons de mélodie.
  Alors, concours chez les oiseaux :
Du défunt professeur la chaire étant vacante ,
 Pour l'occuper un oison se présente.
  Sur sottise amour-propre enté
  Nàquit de toute éternité.

Or mons le prétendant, sans parler de sa voix ;
    Par deux points veut fixer le choix:
Du cygne j'ai , dit-il , le port et le plumage.
Fort bien, lui dit quelqu'un, mais pour fonder tes droits ,
    Pauvre oison , as-tu son ramage ?

~~~~~~

LE HAMSTER ET LA FOURMI.

Fable XVII,

Imitée de l'allemand de Lessing.

Un hamster orgueilleux de ses grands magasins
Se trouva par hasard près d'une fourmillère :
Pauvres fourmis, dit-il, je plains votre misère ;
    Quoi ! vous avez si peu de grains !
Pour former cet amas était-ce donc la peine
    D'occuper toute une saison
Plus de mille ouvriers ? Moi, dans une semaine,
  - J'ai, grâce au Ciel, fait ma provision.
J'ai dans mon souterrain grenailles à foison,
    Je nage au sein de l'abondance :
  Dix ans entiers je puis faire bombance,
    Et laisser encor mes greniers
    Presque pleins à mes héritiers.
Aussi, dit la fourmi, l'homme te fait la guerre ;
  Quand par hasard il découvre ton fort,
Il te reprend tes biens, il te donne la mort.
Si tu te contentais du simple nécessaire,
    Tu n'aurais pas ce triste sort.

——————

5.

~~~~~~

VER-VERT.

FABLE XVIII.

DE dom Ver-vert qui ne connaît l'histoire ?
Point n'entreprends de vous la raconter :
A Gresset seul appartînt de chanter
  Comment aux rives de la Loire
L'écolier emplumé des nonnes de Nevers
Ecouta les leçons des bateliers pervers,
Ce perroquet dévot, cet aimable novice
  Ouvrant son jeune cœur au vice
Sut bientôt, nous dit-on, *jurer et maugréer*
Comme un vieux diable au fond d'un benitier.

Tel veut aller au loin étaler sa science
Qu'il perd en voyageant sa première innocence.

  C'est à vous, imprudens
    Parens,
  Que cet apologue s'adresse :
Les voyages, dit-on, forment bien la jeunesse ;
Mais combien de Ver-verts je vois dans vos enfans !

LE BOEUF DEVENU VIEUX.

Fable XIX.

Après dix ans de labourage,
Usé, n'en pouvant plus, appesanti par l'âge,
A son maître enrichi du fruit de ses travaux,
Certain bœuf un beau jour demanda du repos :
J'ai, disait-il, consumé ma jeunesse,
Le front chargé du joug, à féconder vos champs :
Je crois qu'à cette heure il est temps
De vivre un peu pour moi : je touche à la vieillesse.
Mon ami, je veux qu'on t'engraisse,
Lui répondit le maître, et désormais, chez moi,
Bien manger sera ton emploi :
Pâtis bien gras, litière épaisse,
Etable chaude et, suivant la saison,
Le vert ou le sec à foison :
Je veux te donner tout. Vive l'humaine engeance,

Dit notre bœuf en ruminant,

L'homme est vraiment reconnaissant ;

J'ai travaillé pour lui, par lui je fais bombance ;

Bon maître, que vos soins ont droit de me toucher.

Ce bon maître était un boucher.

~~~~~~

LES DEUX BERTRANDS.

FABLE XX.

A Mr. l'Abbé Sabathier de Castres.

DANS une forêt d'Amérique,
Sur les singes régnait certain orang-outang
    Que l'histoire appelle Bertrand ;
    Monarque doux et pacifique,
Avec tous ses voisins Bertrand vivait en paix :
    Pour le bonheur de ses sujets ,
On ignorait alors les noms pompeux de gloire ,
    Et de conquête, et de victoire ;
Et si Bertrand premier n'était pas un héros ,
    Son peuple au moins jouissait du repos.
    Sa Majesté se montrait attentive
A maintenir ce point. Comme il faut qu'un roi vive,
    Les singes soumis à ses lois ,
    Pour tout tribut payaient des noix.

Ce bon prince mourut. Bertrand deux le remplacé.
Il avait voyagé chez l'orgueilleuse race
     De ces singes civilisés
Qui, pour avoir bâti Rome, Londre et Lutèce,
     Se prétendent d'une autre espèce.
     Singes par qui sont méprisés
Les singes des forêts. Courant de foire en foire,
Bertrand second chez eux prit du goût pour la gloire.
     Un ours qui lui prêtait son dos
Répétait en tous lieux : Bertrand est un héros ;
     Et notre singe, on peut le croire,
     Etait flatté de ce propos.
     Quand enfin le droit de naissance
Eut mis entre ses mains le sceptre et la puissance,
     Il conduisit dans ses états
Cet ami qui dès-lors quitta la musclière
     Pour prendre rang parmi les magistrats.
     On vit entrer au ministère
L'homme qui jusqu'alors au son du tambourin
     A son Altesse Orang-outane
     Avait montré les tours de Fagottin.
De chancelier il revêt la soutane,
Et déclare aux états, au nom du souverain,
     Que le monarque a le dessein
     De réclamer les droits de sa couronne

Sur certain canton riverain
Conquis par des géans de race patagonne ;
   En conséquence il demande aux états
      Qu'il soit levé force soldats.
Chaque singe en pleurant va quitter sa compagne ;
      L'honneur en impose la loi ,
      Et d'ailleurs Bertrand , ce grand roi ,
Va de sa propre main déployer l'oriflamme.
      Le peuple qu'un beau zèle enflamme
      N'en est plus quitte pour des noix :
Il sait qu'on doit verser tout son sang pour ses rois ,
Maints docteurs l'ont écrit, il faut bien les en croire.
      Le peuple singe eut donc la gloire
De se faire assommer , mitrailler , foudroyer.
Après avoir long-temps balancé la victoire ,
Ayant un fleuve à dos il fallut se noyer ;
Le roi même y périt. L'homme écrivit l'histoire
      De l'un et de l'autre Bertrand :
Il nomma le premier Bertrand-le-Fainéant,
      Et le second Bertrand-le-Grand.

LE LAPIN ET LE LIÈVRE.

FABLE XXI.

Un jour Guillot le lièvre avec Jeannot lapin
Ensemble raisonnaient sur les maux de la vie ;
Hélas, disait Guillot, quel est notre destin !
Toujours nouvelle transe et nouvelle avanie ;
On ne peut dans ces champs habiter en repos :
Tantôt ce sont les chiens, tantôt les houbereaux.
Eh ! pourquoi contre nous cette éternelle guerre ?
Nous vivons sobrement, un peu d'herbe suffit
   Pour contenter notre appétit.
Avons-nous quelquefois ensanglanté la terre ?
   Notre faiblesse, je le crois,
Mieux que tous nos terriers, mieux que le creux des bois,
Devrait nous protéger. — Eh ! quoi, notre faiblesse,
C'est elle, dit Jeannot, qui fait notre détresse :
   Ne sais-tu pas que de tous temps
Le faible, mon ami, fut croqué par les grands.

MARS ET L'AMOUR.

FABLE XXII.

A Mr. le Lt. Général Comte Molitov.

LE noir époux de Cyprine,
A Lemnos forgeait un jour
De Mars l'armure divine,
Et les traits légers de l'Amour.
Les cyclopes, noircis, sur l'enclume pesante
Portent avec effort la masse étincelante,
La forgent à grand bruit : les rapides marteaux
S'élevant, retombant en mouvements égaux
Sous leurs coups redoublés, du grand dieu de la Thrace,
Contournent le haubert et l'épaisse cuirasse.
Après avoir mis en faisceaux
Du dieu guerrier les pesants javelots,
Mes enfants, dit Vulcain, ne perdons pas courage,
Pour le fils de Vénus mettons-nous à l'ouvrage :

6

Alors , avec ardeur , on fourbit , on polit
Les armes du petit ,
Et de sagettes d'or un carquois se remplit....
Mais voilà que dans la boutique
Arrive tout-à-coup l'une et l'autre pratique ;
Mars , d'un air ironique et d'un œil dédaigneux ,
Contemple le carquois du plus jeune des dieux :
« A quoi bon ces armes fragiles ;
» Vulcain, et vous Brontès , Stéropes , Pyracmon ?
» Est-ce donc pour forger les jouets inutiles
» De Cupidon
» Que les enfans du ciel et de la terre
» Abandonnent le soin de forger le tonnerre ?
» Neptune , de vos mains , réclame son trident :
» Pluton , son casque ; et pour ce faible enfant,
» Vous les faites attendre , et pouvez vous résoudre
» A braver Jupiter qui demande son foudre.
Eh bien donc , dit l'Amour, Jupiter attendra
Que mon carquois soit plein , il est fait pour cela.
Et toi qui viens ici braver en ma présence
Mes redoutables traits , connais en la puissance.
Du plus faible de tous , tiens , sens la pesanteur,

Il dit ; et du dieu Mars un trait perce le cœur.

Le dieu guerrier soupire ,

Et reconnait l'empire

De son jeune vainqueur.

Ne jugeons pas sur l'apparence ,

Car tel que l'on méprise est plus fort qu'on ne pense.

———

~~~~~~

LE SAGE ET L'ALCHIMISTE.

FABLE XXIII,

IMITÉE DE L'ALLEMAND DE LICHTWER.

Un sage avait pour biens la gaîté, la santé,
  Et ne voulait rien davantage,
Il bénissait les dieux; la médiocrité,
  N'est-ce pas le trésor du sage ?
  Un jour, chez lui vint un docteur,
C'était un Rose-croix, un habile souffleur :
  Ecoutez-moi, dit l'Alchimiste :
Je veux faire de vous un gros capitaliste,
  Je possède le grand secret,
Je sais en or transmuer le mercure :
  Si vous voulez être discret,
Vous serez mon élève, et bientôt, je vous jure,
  Ainsi que moi, peut-être mieux encor,
  Mon ami, vous ferez de l'or.

— A la vôtre, docteur, ma science est égale,

    Répond notre sage, en riant,

— Quoi vous faites de l'or ? — De l'or ? eh oui vraiment,

Sans creusets ni fourneaux, sans feu, sans eau régale.

    Je connais l'art de borner mes désirs,

Je sais à peu de frais me créer des plaisirs.

    C'est la pierre philosophale.

LA CHENILLE ET LE PAPILLON.

Fable XXIV.

Un jour un brillant papillon
Voltigeant près d'une charmille,
Y découvrit une chenille ;
Elle filait sa coque. Après maint tourbillon,
L'insecte ailé l'aborde et lui dit : Ma commère,
Pourquoi tout ce travail? Pourquoi? mais mon compère,
C'est pour devenir papillon.

~~~~~~

LES TROIS PHILOSOPHES
EN ÉGYPTE.

FABLE XXV.

Les juges, le prévôt et la gendarmerie,
A Memphis menaient pendre, en grand' cérémonie,
    Un philosophe, un scélérat,
Pour avoir blasphémé le saint-nom du dieu Chat.
Les prêtres d'Ælurus, les bédeaux, la canaille
    Et l'égyptienne marmaille,
Courraient à ce spectacle édifiant, moral,
    Religieux, sentimental.
O Ciel! peut-on permettre une telle infâmie,
    Disait un prêtre du dieu Rat?
    Que ferait-on, si cet impie
Eut blasphémé mon Dieu; mais quoi! c'est pour un chat
    Qu'on prive un homme de la vie!
A quelque temps de-là le contraire arriva.
    Un homme, de pareille étoffe,

Un indévôt, un philosophe,
Contre les ichneumons et les rats blasphéma.
L'aréopage en fit prompte justice,
Notre homme, ainsi que l'autre, est conduit au supplice.
Barbares ! s'écriait un prêtre du dieu Chat,
Vous osez immoler un homme pour un rat !
Victime d'un parti, dans le parti contraire
On trouve des amis, c'est la règle ordinaire.
Mais voilà bien un plus grave délit ;
Un autre raisonneur, à son tour, prétendit
Que les chats, que les rats, ces animaux immondes,
Devaient céder le pas à la divinité
Qui fut de toute éternité,
Et dont le souffle anime tous les mondes.
Contre cet imprudent chacun se réunit,
On crie au novateur, à l'impie, au scandale.
Pour l'intérêt de la morale,
Comme les précédens, en pompe, on le pendit :
Mais, ayant irrité l'une et l'autre sorbonne,
Ce dernier raisonneur ne fut plaint de personne.

LE VER LUISANT ET LA VIPÈRE.

Fable XXVI,

Imitée de l'allemand de Pfeffel.

Un insecte brillant, pendant la nuit obscure
  Etincelait sur le gazon.
La vipère le voit, et de sa bouche impure,
  Epanche sur lui le poison :
Eh ! quel mal ai-je fait, madame la vipère ?
  Dit notre insecte lumineux.
  — Quel mal ? Eh quoi donc, malheureux,
  Ne répands-tu pas la lumière ?

LA PILE DE DAMES.

Fable XXVII.

A mon ami Aug. Ménestriev, Avocat.

Au faîte des grandeurs à quoi bon s'élever,
  Si c'est pour faire la culbute ?
Plus on s'élève et plus on doit craindre une chute.
Le jeu de deux enfans me sert à le prouver.
« Admire mes talens, personne ne m'égale,
» Ma sœur, garde-toi bien de me faire bouger ;
  » Vois ma colonne triomphale !
» De trois dames encor je prétends l'allonger.
» Avec tes petits doigts, tiens, place cette noire.
» A merveille. A présent mettons celle d'ivoire.
» Bravo...» Mais il en reste encore une à placer ;
  Un souffle, un rien pourrait tout renverser.
  Nos deux enfans, retenant leur haleine,

Sur l'ivoire en tremblant ont déposé l'ébène.
La colonne vacille, et bientôt.... patatras....
Voilà tout l'édifice à bas.

J'ai vu tomber du char de la victoire
Le plus terrible des guerriers :
« Ajoutons une palme aux palmes de ma gloire. »
Il dit.... et le cyprès remplace ses lauriers.

GRÉGOIRE.

FABLE XXVIII.

Plus un buveur a bu , plus encor il veut boire.
    Vous connaissez maître Grégoire ;
    Un jour, mon homme , au cabaret
    Hûma dix brocs de vin clairet
Puis , reporté chez lui , dit à sa ménagère :
Ça, verse-moi du vin , ce que j'ai bu m'altère.

Grégoire, selon moi, ressemble aux grands seigneurs;
Et l'ivresse du vin , à celle des grandeurs.

~~~~~~

L'OCCASION.

Fable XXIX.

Quand l'occasion se présente ,
Il faut la saisir aux cheveux ,
Sans quoi , la déesse inconstante
N'est qu'un brillant éclair qui fascine nos yeux.
Pour la fortune en espérance ,
On perd souvent une modeste aisance.
J'ai vu plus d'une fois ; lâchant un bon morceau
Dans l'eau ,
Un barbet courir après l'ombre.
De ces gens il en est sans nombre :
On a vu des chasseurs , pour un lièvre incertain ,
Laisser échapper un lapin ;
Et le soir , harrassés , regagner leur chaumière ,
N'ayant rien dans la carnacière.
On a vu des pêcheurs , poursuivant un barbeau ,

7

Mépriser un gardon qui nageait à fleur d'eau ;
Et sur la fin du jour, ployant leurs rets humides,
Sans barbeau ni gardon, revenir les mains vuides ;
J'ai vu, chez Jean, mon maître, un dédaigneux heron
Méprisant, tour-à-tour, carpe, brochet, goujon,

    Souper enfin d'un limaçon ;

    Puis, une fillette trop fière,

Laissant fuir des amans la brigade légère,
Prendre, quand elle vit leur essaim disparu,

    Pour son époux, un malotru.

    J'ai vu.... Je me suis vu moi-même,

    Me comportant comme un vrai sot.

Je pouvais, comme un autre, amasser un magôt,
J'ai préféré l'honneur. — Oh ! l'absurde systême.

〜〜〜〜〜〜〜〜〜〜〜〜〜〜〜〜〜〜〜〜〜〜〜〜

LA ROSE, LE BOUTON
ET LA JARDINIÈRE.

FABLE XXX.

PRÊTRESSE du temple de Flore,
Gentille jardinière arrosait une fleur.
C'était, m'a-t-on conté, rose dont la fraicheur
    Venait de naître avec l'aurore.
Mais, auprès de la rose, un bouton est éclos,
Qui réclame, à son tour, des soins et des travaux
    Notre fleuriste prévoyante
Lui verse le tribut d'une eau rafraîchissante ;
    La jalouse rose rougit,
  Et dans ces mots exhale son dépit :
» Hélas je ne suis plus des fleurs la souveraine
    » Pour ce bouton éclos à peine,
» On déserte ma cour, demain il va fleurir,
» Il commence son règne, et le mien va finir ».
    Eh mais ! lui dit la jardinière,

A tort vous vous plaignez, ma chère,
Ne faut-il pas que chacun ait son tour ?
C'est l'arrêt du destin, c'est l'arrêt de l'amour,
J'arroserai votre rivale,
Car enfin voici ma morale :
Comme dans le monde, au jardin,
Il faut songer au lendemain.

LE SERIN ET LE CHAT.

Fable XXXI.

Joli serin de Canarie,
Sous la griffe d'un chat, palpitant de frayeur,
D'un air humble et soumis, lui disant : Monseigneur,
    De grâce accordez-moi la vie,
Je veux, à votre gloire, employer mes talens :
De nos seigneurs les chats, sur un ton de romance,
    Je prétends prôner, dans mes chants,
Et l'aimable douceur, et surtout la clémence ;
    Daignez ouïr un petit air,
    Qu'à votre gloire, aux habitans de l'air,
J'ai dessein d'enseigner. Gluck en fit la musique,
    C'est un morceau rempli d'éclat,
    Un chef-d'œuvre, un ouvrage unique.
    Je suis sourd, répondit le chat :
    Eh que m'importent tes merveilles,
    Ventre affamé n'a point d'oreilles.

L'ÉTOILE POLAIRE.

Fable XXXII,

A mon Fils Paulin-Yves de St.-Donat.

Un jour la boussole incertaine,
A contre sens vînt à marcher,
Et dès lors, sur l'humide plaine,
Il s'égara plus d'un nocher ;
Mais, bientôt, pour régler leur course,
Brille à leurs yeux l'astre de l'Ourse,
De leur salut avant-coureur.
Ainsi la vie a ses tempêtes ;
Mais un astre luit sur nos têtes,
Et c'est l'étoile de l'honneur.

LE HIBOU.

Fable XXXIII.

En plein midi, certain hibou,
Un beau jour sortit de son trou,
Ecarquillant ses yeux à la vive lumière
Qui frappa tout-à-coup sa débile paupière.
Eh quoi donc, disait-il, le voilà ce soleil,
Cet astre unique, sans pareil !
Cet œil de l'univers, qu'une tourbe imbécile
Vante comme un objet utile :
A quoi donc me sert-il ? On ne peut, mes amis,
Quand il luit, chasser aux souris ;
Mais pour faire bonne capture,
Parlez-moi d'une nuit obscure :
C'est dans l'obscurité que se font les bons coups.
Vive la nuit..... pour les hibous.

~~~~~~

LE PINÇON ET LES OISELETS.

Fable XXXIV.

Aux oiselets, un vieux pinçon
Disait : Mes bons amis, pour former le langage,
L'étude est d'un grand avantage ;
Ecoutez le serin, il chante sa chanson :
Et l'art ajoute encor à son joli ramage.
Il est savant en G, ré, sol ;
Et tandis que le rossignol,
Suivant, tout bonnement, l'instinct de la nature
Prétend charmer l'écho des bois,
Le serin, déployant les charmes de sa voix,
Nous prouve qu'aux talens il faut de la culture.
Etudiez, petits oiseaux,
Vous pourrez, comme lui, d'après la sérinette,
De l'opéra nouveau frédonner l'ariette.
Oiselets, voltigeans de rameaux en rameaux,
Se moquent du pinçon. — Dis-nous, sot personnage,
Le serin est savant ; mais n'est-il pas en cage ?

~~~~~~

LE VIEUX LOUP ET SON FILS,

ou

LES DEUX AGES.

Fable XXXV.

Un vieux loup, à son fils, prêchait la tempérance.
Modère, disait-il, tes apetits gloutons :
Désormais, mon enfant, respecte les moutons,
    Ainsi l'exige la prudence ;
    Feu ton grand-père étranglé par les chiens ,
    N'est-ce donc pas un exemple terrible ?
Et moi, ces jours passés , à quel danger horrible
N'ai-je pas échappé ? mon fils, tu t'en souviens,
    Dans le combat j'ai laissé mes oreilles :
Evitons désormais des rencontres pareilles ;
    Bien loin des chiens et du berger,
Tenons-nous, mon enfant, à l'abri du danger.
Le jeune loup répond : quoi ! j'aurais la faiblesse

De suivre ce conseil dicté par la vieillesse ;
Je suis jeune, mon père, et je me sens des dents,
            Dont les mâtins seront contens ;
            Contre moi qu'ils osent combattre,
            Je vous réponds de les abattre.
        Quant aux moutons, ma foi, j'en croquerai
Comme vous et les miens, ou bien je ne pourrai.

L'EAU, L'HONNEUR ET LE FEU,

FABLE XXXVI.

L'EAU, l'honneur et le feu, pour un pélérinage,
    Se mirent un jour en voyage,
Et chacun se donnant un indice certain
    Pour se retrouver en chemin :
Si de moi, par hasard, ta troupe est égarée,
    Vous me trouverez, dit le feu,
    A coup sûr, dans le même lieu
    Où vous verrez de la fumée :
A ma recherche encor la chaleur vous conduit ;
    Et si vous me perdez de nuit,
    Pour guide prenez ma lumière.
L'eau dit : pour moi, je vais toujours à la rivière,
    Cherchez-moi là, visitez-bien les lieux
    Bas, enfoncés, marécageux,
J'y suis assez souvent. Me retrouver est rare,
    Dit l'honneur, parlant à son tour,
Veillez sur moi, craignez qu'un jour je ne m'égare,
Car une fois perdu, je le suis sans retour.

LES ÉPIS.

Fable XXXVII.

Un jeune fat levant la crête,
Tranchait sur tout, et raillait un savant
Qui, le front abaissé, s'en allait combinant
Mille pensers profonds qu'il roulait dans sa tête.
Nos deux quidams traversent des guérets
Chargés des dons de la blonde Cérès.
Docteur, dit l'étourdi, voyez-vous, vers la terre,
Ces épis incliner leur front,
Tandis que cet autre, au contraire,
Se dressant vers le ciel, semble leur faire affront ?
— Oui Monsieur ; cet épi, c'est une tête vuide :
Un sot est arrogant, un savant est timide.

LA MARMOTTE ET LE HÉRISSON.

FABLE XXXVIII.

Le seigneur hérisson, n'ayant ni feu ni lieu,
Pria madame la marmotte,
Bonne âme, s'il en fut, charitable, dévote,
De l'héberger pour l'amour du bon Dieu :
Ma cousine, je vous conjure,
Reçevez-moi chez vous, je suis votre parent,
Voici le temps de la froidure,
Octobre est à sa fin, la saison sera dure,
Cédez-moi quelque coin de votre appartement ;
Je ferai, chaque jour, pour vous, une prière.
La marmotte lui dit : entrez dans ma tannière ;
Pour vous y recevoir on fera de son mieux.
Si donc qu'à s'installer l'autre ne tarda guère ;
Mais pour habiter avec eux,
Redoutons, mes amis, tous les gens pointilleux.
Lorsque, dans son taudis, notre pauvre marmotte

8

Voulait se retourner, le cousin hérisson
    La piquait de bonne façon.
Eh ! mon cousin, de votre redingote
Pourquoi donc hérisser sans cesse les piquants ?
Bah ! faut-il se gêner, dit l'autre, entre parents,
    Ne faut-il pas qu'on se supporte ?
La marmotte se fâche, et dit : je veux qu'on sorte,
    Sans plus tarder, de ma maison :
Vous êtes, mon cousin, un vrai fagot d'épine.
    — Que ne sortez-vous, ma cousine,
Moi, je suis bien ici, j'y suis, j'y resterai
    Jusqu'au retour du mois de Mai,

~~~~~~

L'OISON ET LA COULEUVRE.

Fable XXXIX,

Imitée de l'espagnol d'Yriarté.

Sur les bords d'un étang un orgueilleux oison
    S'applaudissait : Est-il dans la nature
        Aussi parfaite créature ;
Outre ce blanc duvet dont le ciel m'a fait don,
Marcher, voler, nager et faire le plongeon,
Quels talents n'ai-je pas ! le Maître du tonnerre
Soumit à mes désirs les eaux, l'air et la terre.
      Je règne sur chaque élément.
      Mon ami, lui dit, en sifflant,
      Une couleuvre, sa commère :
      Il faudrait, pour prendre ce ton,
Nager comme un barbeau, voler comme un faucon,

Et courir comme un cerf; pauvre oison, mon compère,
Tu nages mal , et ton vol est pesant ;
Je ne sais pas marcher , à toi je me préfère.
Pourquoi ? pour mon petit talent :
Je parviens à tout, en rempant.

LE PAPILLON ET L'ABEILLE.

Fable XL.

Ah! quel plaisir, ma sœur, s'il fait demain beau-tems,
Disait un papillon à l'ouvrière abeille :
  Je voltigerai dans les champs !
Le jasmin, le muguet et la rose vermeille
Me promettent déjà des baisers ravissans.
Oh ! je vais m'en donner ! Profitons du bel âge....
Mais toi, que feras-tu ? — N'ai-je pas mon ouvrage !
  J'irai, suivant mon naturel,
Butiner sur les fleurs de la cire et du miel.

L'AIGLE ET LE LIMAÇON.

Fable XLI.

Dans les domaines du tonnerre,
Au sommet d'un roc escarpé,
Un aigle avait construit son aire :
Tout-à-coup son œil est frappé
D'un chétif limaçon. — Excrément de la terre,
Tu loges près de moi ! qu'as-tu fait, pauvre hère,
Pour te placer si haut ? — Monseigneur, j'ai rampé.

LE BOUTON CUEILLI.

Fable XLII.

A Madame de.....

Ne rougis pas Cloris du tendre nom de mère,
Ton enfant périrait au sein d'une étrangère,
J'ai cueilli ce bouton, mais puis-je ranimer
Ce suc vivifiant qui le faisait germer ?
Dans ce vase élégant, où sa tige épineuse
Conserve par tes soins l'existence trompeuse,
Il doit sous peu d'instans voir flétrir ses appas ;
La sève, ce beau sang des doux enfans de Flore,
Sans lequel une fleur meurt et se décolore,
A cessé de couler dans ses canaux secrets,
Il est déjà flétri ; Cloris, de vains regrets
Ne sauraient réparer un malheur qui t'afflige,
Il eut fallû laisser ce bouton sur sa tige ;
S'en séparer, pour lui ce fut le coup mortel.
La tige d'un enfant, c'est le sein maternel.

~~~~~~

LES SALAMALECS,

ou

LES CRUCHES ET LES COURTISANS.

Fable XLIII.

Les courbettes, la révérence
Sont de forts bons moyens pour qui veut parvenir.
Cruches et courtisans ont grande ressemblance :
Ils se baissent toujours à dessein de s'emplir.

L'AIGLE ET LE PAON.

Fable XLIV.

Le Paon voulut un jour régner sur les oiseaux :
Sa maîtresse Junon lui donna la couronne ,
  Et du plus riche des manteaux
Se plut à l'habiller. Tout fier de sa personne,
  Il se panade aux yeux de ses rivaux ,
Ouvre sa vaste queue , avec pompe en étale
L'azur et le rubis , l'émeraude et l'opale ;
  Les oiseaux en sont éblouis.
Chez eux, comme chez nous, par les yeux on est pris :
Merles, geais , étourneaux, chacun dans son langage ,
Criait vive le Paon , allons lui rendre hommage.
A ces cris , de ses droits , se réveille jaloux
L'aigle que Jupiter porte sur ses genoux.
Eh quoi donc ! vainement j'aurais porté ton foudre ,

A me laisser braver tu pourrais te résoudre !
O puissant Jupiter ! quels sont ces nouveaux droits,
Le plumage , aux oiseaux , doit il donner des rois ?
Rassure-toi , lui dit le maître du tonnerre ,
    N'as-tu pas ton bec et ta serre ?

LE COUCOU.

Fable XLV.

Prodiguez les bienfaits, vous ne parviendrez pas
    A changer le cœur des ingrats.
  Au beau m'lieu du nid d'une fauvette,
    Un coucou déposa son œuf....
Certains maris diront : ce fait-là n'est pas neuf.
Peu m'importe, messieurs : suffit que la pauvrette
  Couva cet œuf, dont bientôt il nâquit
      Un petit,
    Que comme sien elle nourrit ;
  En adoptant le fils de l'étrangère,
Elle lui prodigua tous les soins d'une mère :
Et le jeune coucou, comme son propre enfant,
    Parmi la joyeuse couvée
    Voyait son enfance élevée ;
Il fut nourri, choyé si bien qu'il devint grand.
Nature aux animaux départ un caractère
    Que rien ne peut changer :

Le tigre est né cruel, indocile et colère,
    Le papillon léger,
Le lion généreux, le chien brave et fidèle,
    Hypocrite le chat ;
Amour occupe seul la tendre tourterelle ;
    Le coucou naît ingrat.
Le nôtre donc, suivant son affreux caractère,
Méconnaissant l'oiseau dont le bec l'a nourri ,
    Déchira le sein de sa mère,
  La dévora, puis après, son mari,
Et puis les oisillons qui le traitaient en frère.

———————

~~~~~~

LE PÈRE ET LES DEUX FILS.

FABLE XLVI.

En tout il est un mode et certaine limite
     Qu'il ne faut jamais dépasser.
De çà, comme au-delà, jamais le bien n'habite :
Il réside au milieu, tâchons donc d'y rester.
Un père avait deux fils : l'un d'eux était avare,
     Et l'autre prodigue à l'excès.
Le père, homme éloquent, obtint un grand succès
En les prêchant tous deux ; mais par un sort bizarre,
     Notre avare d'hier se mit à dépenser ;
Et son frère conçut la fureur d'amasser.
Ainsi de leur défaut tous deux se corrigèrent ;
     Mais de vices ils permutèrent.
     L'homme, ce fantasque animal,
Passe à travers du bien, et reste dans le mal.

———————

*9

mmmmmmmmmmmmmmmmmmmmmmmm

LA RONCE ET LA VIGNE.

FABLE XLVII.

Une ronce, à tige épineuse,
Près de l'arbrisseau de Bacchus
Conduisit tellement sa marche tortueuse,
Et du sol nourricier pompa si bien les sucs,
Que la vigne, sans nourriture,
Etait près de périr. Dans sa triste aventure
Elle implora les soins du jardinier ;
Mais de la ronce il craignait la piqûre :
Il plaignit son malheur et la laissa crier ;
Je n'en peux, mais, c'est là le refrain ordinaire.
Bref, la vigne en mourut. Sa rivale, au contraire,
Pompeuse et verdoyante, étale à tous les yeux,
Sur les pampres détruits, son feuillage orgueilleux.
La vigne, en périssant, la pria de lui dire
Ce qui pût leur causer un sort si différent.
-- J'étais pourtant utile ? -- Utile, oui vraiment,
Mais moi je rampe et je déchire.

LE MÉRITE ET L'ÉLOGE.

FABLE XLVIII.

Le Mérite isolé languissait sur la terre :
Et comme de lui-même il ne se produit guère ,
Il était peu connu quand le père des Dieux
     Dit : Je prétends à tous les yeux ,
    Avec éclat présenter le Mérite ;
     Eloge , volez à sa suite.
L'Eloge part : il arrive bientôt
Sur ce globe habité par l'humaine séquelle ;
Alors , interrogeant tout un peuple falot ,
Du mérite, en ces lieux, n'a-t-on point de nouvelle ?
    Lors , chacun répondit pour soi :
Le Mérite , parbleu , venez , il est chez moi
Et non chez mon voisin, n'allez pas vous méprendre.
    Venez ici ; non , allez là.
    L'Eloge ne sait quel entendre !
Le Mérite modeste alors se présenta ;
    Mais trois quidams , remplis d'audace ,

S'étaient déjà mis à sa place.

Le Mérite se tut, et comme il ne dit mot,

L'Eloge le prit pour un sot,

Et consuma son temps (jugez de la méprise)

A célébrer l'Orgueil, le Vice et la Sottise.

LES DEUX RATS.

FABLE XLIX.

DANS le recoin d'une bibliothèque,
    Vivait jadis un rat savant :
    Langue latine et langue grecque,
Hébreu, turc et chinois, tout passait sous sa dent;
    Et cependant le docte personnage
Etait loin d'engraisser. Un jour, un autre rat,
Ignorant, s'il en fut, mais dodu comme un mage,
    Vint visiter notre bibliophage ;
    Ayant dans Ratzebourg un bon canonicat :
Il avait, comme on dit, la panse à triple étage.
    Après les complimens d'usage,
    Du rat chanoine on vante l'embonpoint.
— Eh comment fais-tu donc? moi je n'engraisse point:
Je me nourris pourtant des œuvres du génie :
J'ai mangé, de Berchoux une gastronomie,
Un Beauvilliers complet, vingt journaux des gourmands,
    Ouvrages excellens ;

Je les ai digérés ! et cependant, compère,
Vois quel est mon état ? — Oui, je vois ta misère ;
Mais c'est ta faute aussi ; tu ronges ce fatras :
Laisse là tes bouquins, mon ami, sois plus sage,
Nourris-toi, comme moi, de lard et de fromage,
  En très-peu de temps tu seras
     gras.
En cuisine, en finance, et même en politique,
La science est beaucoup, mais moins que la pratique.

LES POISSONS.

FABLE L.

A mon ami B. Lutyena, Major de Cavalerie, au service de S. M. Britannique.

> *Malo periculosam libertatem quàm quietum servitium.* (CICÉRON.)

« QUAND pourrons-nous nager dans une onde tranquille?
» Serons-nous donc contraints, jusqu'au jour de la mort,
  » A lutter, par un triste effort,
  » Contre les flots de ce fleuve indocile ?
» De cascade en cascade il dévale des monts ,
» En torrent écumeux roule dans les vallons ,
  » Objets de la céleste haine ,
» Contre ces flots fougueux, dont le cours nous entraîne,

» Que faire, mes amis » ? C'est, dit-on, en ces mots,
Qu'une carpe, un beau jour, haranguait des barbeaux
Personne cependant ne répond au *que faire*,
Et la carpe poursuit comme un docteur en chaire :
» Heureux celui qui, loin du tumulte des flots,
» Dans les eaux d'un étang vit au sein du repos.
» Un vivier du bonheur est l'éternel asile :
» Un poisson, dans ses eaux, philosophe, tranquille,
» Dans sa bourbe, à loisir, se plonge tout entier.
» O puissant Jupiter mets-nous dans un vivier !
Jupiter, de nos vœux rit souvent le premier
       Et nous exauce en sa colère.
       Il exauça notre commère.
Un pêcheur tend ses lacs et vous prend bel et beau,
       La prêcheuse, son auditoire,
       Sans en excepter un barbeau.
Puis, dans certain vivier, à ce que dit l'histoire,
Il déposa le tout. Rendons grâces aux dieux,
       Jupiter exauce nos vœux,
Dit la carpe.—Attendez quelques momens, **Madame,**
       Et vous allez changer de gamme,
       Reprend l'un des vieux habitans
De ces nouvelles eaux : le pêcheur, ses enfans
       Vont bientôt nous rendre visite,
       Dans un vivier, inutile est la fuite.

Implorez, croyez-moi, l'assistance d'un dieu;

Non pour rester, mais bien pour sortir de ce lieu;

Car enfin, s'il faut vous le dire;

Etes-vous des plus gros, vous serez mis au bleu;

Pour nous autres petits, gare la poële à frire.

La carpe, à ce discours, se repent, mais trop tard;

Ce n'était plus saison de rire,

Vers le fleuve natal elle tourne un regard

Et prononce ces mots que recueillit un sage :

La liberté vaut mieux, même au sein de l'orage,

Que le calme de l'esclavage. (*)

(*) Cette maxime est une de celles dont on n'a que trop abusé dans la Révolution. J'avais le dessein de faire le sacrifice de ma fable ; mais elle a donné à M. GIOVANNI GHERARDO DE ROSSI l'occasion de composer en réponse une charmante fable italienne. Cette fable a été traduite par M. GINGUENÉ et insérée dans son recueil, sous le titre du POISSON DU LAC. Nous la mettons avec d'autant plus d'empressement sous les yeux de nos lecteurs, que sa morale peut servir de correctif à la nôtre.

~~~~~~

LE POISSON DU LAC.

FABLE DE Mr. P. L. GINGUENÉ,
MEMBRE DE L'INSTITUT DE FRANCE.

En réponse à la précédente.

Dans un lac aux eaux limpides,
A la surface d'argent,
Un poisson devenu grand,
En trouvait les bords arides,
Les ondes sans mouvement
Et les plaisirs insipides.
A ses compagnons timides
Il disait journellement :
Notre lac est un couvent !
A ses nageoires avides
Il fallait, apparemment,
Toutes les plaines humides,
Tout le liquide élément.

Un fleuve à l'onde agitée,
Sortant de ce lac si doux,
Commençait sur des cailloux
Sa course précipitée,
C'est bien là ce qu'il me faut,
Dit le poisson ; et d'un saut
Le voilà de l'eau dormante
Elancé dans l'eau courante.
D'abord tout lui paraît beau.
Que ces rives sont charmantes,
Sinueuses, verdoyantes !
Qu'elle court vîte cette eau !
Je n'ai qu'à jouir, à boire :
Sous un seul coup de nageoire
Je vais droit comme un bateau.
Bref, tout lui plaît, tout le charme :
Son esprit est sans allarme
Ni doute sur l'avenir ;
Et dans le bruit de cette onde,
Le lac et sa paix profonde
Sont loin de son souvenir.
Mais tout-à-coup, ô surprise !
Le fleuve après cent détours,
Interrompu dans son cours,
Entre des rochers se brise ;

Et , dans des gouffres sans fonds ,
Tombant à flots vagabonds ,
De gouffre en gouffre résonne ,
Mugit , écume , bouillonne.
Le poisson tout interdit ,
Que ce fracas avertit ,
Voudrait pouvoir en arrière
Retourner : de la rivière
Voudrait remonter le lit ;
Mais trop tard : un flot l'emporte ,
Un tourbillon l'étourdit.
Où la cascade est plus forte ,
Où les rocs sont plus aigus ,
C'est là qu'il tombe. Il n'est plus.....

De vos foyers pacifiques ,
Vous qu'on voit à tout moment
Vous jeter étourdîment
Dans les tempêtes publiques ,
Dans les torrens politiques ,
Nous savons qu'assez souvent
Il vous en arrive autant.

ALCUNE FAVOLE

DEL SIGNOR CAVALIERO COUPÉ DI SAN-DONATO,

RECATE IN ITALIANO

DA CAMILLO UGONI.

IL FANELLO E GLI UCCELLI.*

FAVOLA I.

Al Signor Evaristo Parny.

In numeroso circolo d'augelli
   Gorgheggiava un fanel la sua canzone
      Con plauso, e ammirazione
De' picchi, de' cuculj, e de' stornelli.
Dagli encomj de' sciocchi il ciel ne guardi;

---

* Voyez Fable I, page 19

10

Fora meglio il soffrir d' invidia i dardi.
Il fanello confuso, ed avvilito
            In mezzo a tanta gloria
            Trovossi a mal partito,
E pieno di rossor. (E chi non sente
  Vergogna di piacer a simil gente ?)
            Dottissimi ; o Signori,
        Siete, egli disse a' suoi goffi uditori,
            Ma in music' arte solo
    Un giudice conosco ; l'usignuolo.

~~~~~~

LA ROSA ED IL FARFALLINO. *

FAVOLA II.

In un orto un farfallino
Svolazzò presso una rosa,
Era gajo il farfallino,
Semi-aperta era la rosa:
Or l'instabil farfallino.
Frena i vanni sulla rosa.
« Ah! diss' ella al farfallino;
Frate io sono, io sono rosa:
Ben'io so, che un farfallino
Appannar può bella rosa:
Va; l'onor, bel farfallino,
Deh! rispeta d'una rosa.
« Che? ripresse il farfallino,
Vuoi scacciarmi, amabil rosa!
È l'Amore un farfallino,

---

* Voyez Fable II, page 21.

Suo colore è quel di rosa,
L' ali son d'un farfallino,
In suo dardo è spin di rosa.
Zefir' anco è farfallino,
E tua madre, amabil rosa,
Flora al vago farfallino
Non donò la propria rosa?
Se beltà d'un farfallino
Pari è a quella della rosa,
Se fulgor d'un farfallino
Quello uguaglia della rosa,
Dei saper, che un farfallino
Può sposar la bella rosa.
Deh! fa lieto il farfallino,
O gentil, ma cruda rosa.
Giuro (e giura un farfallino.)
Fede eterna alla mia rosa »
Fu facondo il farfallino,
Facil troppo fu la rosa:
Or si caccia il farfallino
Fin nel seno della rosa.
Poi, partendo il farfallino,
Svolazzò di rosa in rosa.
D' ogni rosa in farfallino

Fu , e di lui ciascuna rosa.
Desiando il farfallino ,
Sul suo gambo muor la rosa.
Al bel dir del farfallino
Non dar retta , amabil rosa.
È l' amante un farfallino ,
Una vergine è la rosa.

~~~~~~

LA ZUCCA E LA PALMA.*

FAVOLA III.

DESTINATA a strisciar sovra la terra
Il proprio stelo d' una palma ai rami
Intrecciando una zucca , con legami
  Si stretti a lei si serra ,
   Grazie al buon giardiniero ,
Che sulle vie del tuono ergea l' altero
   Capo. Scorda il primiero
Nello stato novel costei ben presta.
   Aggirano la testa
D' ogni uom gli on onori , e i titoli preciari,
Nè di tal fatto son gli essempi rari.
La mia sucea è degli uomini la storia.
   Piena costei di boria ,
Disse alla palma : da quant'anni hai vita ?

───────────────────────

* Voyez Fable IV , page 25.
  M. GUINGUENÉ a remis cette cette Fable en français , voyez son recueil , 2e. édition.

—Io da cent' anni, o cara
—Cent' anni? oh poverina! ove sì avara
Natura, e tal lentezza ove fu udita?
Che? cent' anni consunti a crescer tale,
    Mentr' io poc' anzi nata
    A te grandeggio uguale,
E formo alle tue foglie un' ombra grata?
Deh! quale io sarò mai, scorsi cent' anni!
Se non avvien, che in mio pensier m' inganni,
De' vegetanti un dì sarò regina.
    La palma allor ripiglia:
Tu credi farmi oltraggio, o stolta figlia;
Ma l' alme leggi tu della divina
Natura ignori: or odile, a tuo scorno:
« Chi in un giorno salì cade in un giorno. »

~~~~~~

IL LUPO CONVERTITO. *

FAVOLA IV.

Dal bosco, ov' ha ricovero, ser Lupo
In lieto giorno uscì; d' alta dottrina
 Pieno avea l' intelletto,
E di filosofia la lingua, e il petto.
 Da' libri e' ben sapea,
 Che sorgere fra noi,
 Se non da cor tranquillo,
Vera felicità mai non potea,
 E a sè stesso dicea:
Pur troppo è ver, che pace
 Toccar non puote in sorte
Ad animal carnivoro, e rapace.
 L' indole vo' addolcir, cangiar costume;
Del gregge protettor, e de' pastori
 Esser voglio difesa,

---

* Voyez Fable X, page 35.
Voyez encore cette même Fable dans le recueil de M. Guincuink.

E della vita soci̇al le norme
Pronto seguendo a un tempo,
Vestir mi si vedranno umane forme.
Feroci egli avi miei contro i montoni
    Spinsero il dente ingordo;
    Ma guardarli io risolvo,
  Se un cenno a ciò mi chiami
Di qualche ricco appaltator villano,
    E allor sarà modello
  Della condotta mia fido l' alano.
  Mentre sì saggio quel messer ragiona,
    Passa un pastore, e a lui
      I be' projetti sui,
  E il cangiato tenor apre, e custode
    S' offre d' uscir del bosco.
    Cortese quei civile
L' offerta accetta, e il pone,
Oh malcauto pastor! guardia all' ovile
  Tutto andò ben da prima;
Pitagorico il lupo altro non serba
Per alimento suo, che la sol' erba;
    Ma il digiùm lo dimagra,
    E dilombato, e fiacco
Non regge in piè, chè sempré ha vuoto il sacco.
    Serio pensò, poi disse:

Ah ! pazzo è ben colui ,

Che per fame si scarna ,

Se può lieto impinguarsi a spese altrui.

Piacque l' adagio e in suo pensier sicuro ,

Come prima tornò con Epicuro :

Ghiotton ripiglia allora

Il vorace appetito ,

Ed i monton divora.

Un lupo è sempre lupo :

Mai non si creda a lui ;

Son nomi vani , e scaltri

Filantropia , riforma ;

D' essi ciascun diffidi ,

Nè il gregge al lupo , ah troppo incauto ! affidi.

IL CONIGLIO ED IL LEPRE, *

FAVOLA V,

Il lepre Guglielmino,
E il coniglio Gianuio
Il ragionar rivolsero
Un dì sul lor destino.
Oimè, diceva Guglielmino, oimè!
La sorte nostra qual' è mai, qual' è!
Novelli scorni ognor, nuovi spaventi!
In questi campi non possiam quïeti
  Scorrer pochi momenti.
Or ci assalgono i cani, or gli alïeti.:
E perchè noi persegue eterna guerra?
  Un frugal cibo appena
  In vita ci riserba,
  E della nostra fame
  A satollar le brame

---

* Voyez Fable XXI, page 60.

Ci basta alfin poca erba,
Forse di sangue piena
Fu già per noi la terra?
Formar difesa a noi , sembrami certo,
Dovrebbon meglio nostre forze esili ,
Che i sotterranei asìli ,
Che di fronzute piante un suol coverto,
Sola è appunto cagion di tanti affanni
Di forze povertà , soggiunse Gianni ,
Ah ! per volere d' imutabil sorte ,
Il debil si divora ognor dal forte.

~~~~~~

IL CANARINO ED IL GATTO. *

FAVOLA VI.

Un canarin vezzoso,
Stretto d' un gatto fra l' adunco artiglio,
Nel vicino terribile periglio
    Palpita pauroso;
Ed, o signor mio buono,
    Supplice, e umil dicea,
    Dammi la vita in dono,
Ond' io vivo impiegar possa in lodarte
    Tutto il mio ingegno, e l' arte:
    M' ho fitto in capo, e voglio
    Cantar nel tuon più grave
    La dolcezza soave
    De' gatti nostri donni,
E la clemenza sovra tutto: or via,
    Signor, se non hai fretta,

* Voyez Fable XXXI, page 77.

11

Porgi l' orecchie a una mia breve arietta;
   Che avranno, a vostra gloria,
Tutti i pennuti musici a memoria.
Glukio vi fè le note, ed a me pare
   Un lavoro di genio, e singolare:
   Son sordo, a lui rispose
   Il gatto allor; di tante belle cose
A me che importa, e di tua bella lode?
VENTRE AFFAMATO MAI VOCE NON ODE.

~~~~~~

IL BOTTONE SPICCATO.*

FAVOLA VII.

Alla Signora di.....

Dᵢ madre al nome tenero ,
    Clori , non arrossire ꞉
    Se all' altrui sen nutricasi ,
    Può il figlio tuo perire.
Forse al botton , che florido
    Spiccai , ridar mi lice
    L' umor natio vivifico ,
    Onde crescea felice ?
In gentil vaso serbasi
    Sulla verga spinosa ,
    La venustà manchevole
    Della leggiadra rosa ;
Ma presto fia l' amabile
    Di lei beltà svanita ;

---

* Voyez Fable XLII, page 90.

Sul ceppo suo potevasi
Solo serbare in vita.
Il buon succo, che serpere
  Nel figliolin di Flora
  Uso è, senza cui languido
  S' avizza, e si scolora,
Se cessa, oime ! di scorrere
  Per le segrete vene,
  Non ti doler, se pallido,
  Clori, il tuo fior diviene.
Il vano tuo rammarico
  Dar non potria conforto
  Al duol, che si ti macera
  Pel fior svanito, e morto,
Sol per lo stelo il vegeto
  Botton di vita è pieno;
  Del fanciullin lo stipite
  Sol della madre è il seno.

IL CUCULO. *

Favola VIII.

Doni profondi pur ; un core ingrato
　　Cambiar non ti fia dato.
In mezzo al nido d' una capinera
Un cuculo a deporre venne l' uovo...
　　« Il fatto non è nuovo »
Tal marito dirà... Questo che importa ?
Basta, che la dabben , abbia covato
L' uovo, onde tosto n' è un pulcin sgusciato,
　　Cui non estremo amore ,
Figlio adottando d' altro genitore ,
Accarezzò , nudrì , qual madre suole
　　La sua diletta prole.
Fra l' allegra covata.
　　Vezzeggiato , e pasciuto
Il cuccuïno intanto è già cresciuto.
　　Agli animali un' indole

---

* Voyez Fable XLV, page 95.

La Natura comparte,
   Che alcuna forza vincere
   Non può , nè verun' arte.
Nacque la tigre indomita, e crudele,
   La farfalla volubile,
Generoso il lione, e il can fedele,
   E nacque il gatto ipocrito.
La tortorella tenera
   Solo respira amore,
   Ingrato il nostro cuculo
   Sortì , nascendo , il core.
La rea natura , e perfida
   Seguendo l' empio augello,
   Il 'sen squarcia alla vigile
   Madre , ed ingrato , e fello
   Con essa il marito ospite
   Divora , e fa macello
   Degli augellin , che l' ebbero
In loco di fratello.

~~~~~~

IL ROVO E LA VITE. *

FAVOLA IX.

Un rovo dallo stipite spinoso,
Di Bacco all' arboscello assai vicino,
    Con piede tortüoso
Tale si fece agevole cammino,
    E dal suol nutritore
A poppar giunse così ben l' umore,
Onde omai del vital buon succo priva
    La vite già moriva:
    Nel suo dolente stato
Il soccorso implorò dal giardiniero.
    Ma il rovo dilatato
    Copria tutto il sentiero,
E ser Luca, temendo la puntura,
Non si mosse a pietà dell' infelice.
    Legge sarebbe forse di Natura,
    Ch' esser debba il malvagio ognor felice?

* Voyez Fable XLVII, page 98.

Nol credo io già : pur così pronto crebbe

    Il rovo , che la vite a perir n' ebbe,

Questa , morendo , chiese al mal vicino ,

Onde fosse sì vario il lor destino :

— Util recava io pur ? — Tu giovi solo ,

Ma lacerar in so , strisciando al suolo,

POÉSIES DIVERSES.

wwwwwwwwwwwwwwwwwwwwwwwwwwwwwwwwww

ALLONS PLANTER NOS CHOUX.

SATIRE.

Aude aliquid brevibus Gyaris, et carcere dignum,
Si vis esse aliquis : PROBITAS LAUDATUR ET ALGET.
(D. J. JUVENALIS. Satira I.)

Cléon, ce vieux guerrier, qui força la gazette
D'emboucher si souvent l'héroïque trompette,
Et qui pourtant n'obtint, pour prix de ses exploits,
Qu'un brevet de réforme, une jambe de bois,
A l'improviste hier vint me rendre visite.
Eh quoi donc, me dit-il, mon ami sollicite...
Pense-t-il dans ces lieux obtenir un emploi ?
Le bonheur n'est point là, mon pauvre ami, crois-moi:

Heureux celui qui, loin des tempêtes publiques,
Exempt d'ambition, dans ses foyers rustiques,
Ignore le fracas, les ennuis, la douleur,
Que des fous abusés appellent la grandeur!
Il est libre, il jouit. Mais lorsque la fortune
Vous jette dans les rangs de sa suite importune,
Lorsque l'ambition troublant votre repos,
Comme solliciteur de bureaux en bureaux,
Vous conduit essuyer les grands airs de ministre,
D'un sous-chef insolent, d'un commis ou d'un cuistre,
Alors plus de bonheur, plus de tranquillité.
L'envie au cœur perfide, à l'œil trouble, agité,
Comme un despote altier s'empare de votre âme,
Et souffle en votre cœur sa vénéneuse flamme:
Il faut, malgré vous-même, abjurer vos penchans :
Etre fourbe, employer vingt masques différens ;
A tromper, à séduire appliquer son génie :
Et pour perdre un rival user de calomnie;
Sans quoi, pour réussir on se tourmente en vain :
L'homme probe aujourd'hui doit périr par la faim.
Des courtisans du jour vois la foule importune
A la porte des grands implorer la fortune :
Pour la fléchir, ici l'art dangereux des cours
Compose le maintien et dicte les discours.

Tout s'achète et se vend, tout se donne à l'intrigue;
Les grades, la faveur sont le prix de la brigue.
Carl ignorant, crasseux, en jeu met vingt amis
Pour gagner un valet ou séduire un commis :
L'or circule à grands flots ; car par lui tout prospère.
L'honneur, le vieil honneur n'est plus qu'une chimère;
L'argent renferme tout : et pour en acquérir,
Tous les moyens sont bons, et l'on doit s'en servir.
Damon, joueur adroit, sait d'une main savante,
Ramener à propos la fortune inconstante.
Il cumule de l'or, il habite un palais :
Son train fait oublier qu'il fut jadis laquais.
Chacun prône ses thés, ses chevaux, sa maîtresse.
Il est vrai qu'autrefois quelques tours de jeunesse,
Par un cruel arrêt suffisamment punis,
Lui firent décorer le dos de fleurs de lys ;
Mais, depuis que, lancé dans la haute finance,
En vertu d'un brevet, Damon pille la France,
Par un utile faste, il rend avec éclat,
A l'actrice du jour, ce qu'il vole à l'Etat.
Il est riche, il est tout : on le prône, on l'invite,
On vante ses talens, ses vertus, son mérite,
Tandis que, délaissé dans un profond oubli,
L'indigent vertueux paraît être avili.

Vainement réclamant le prix de tes services,
Mon cher, montreras-tu tes nobles cicatrices ?
En vain, depuis dix ans, auras-tu combattu,
Ton sang versé n'est rien... dis, de l'or; en as-tu ?
Lui seul peut des honneurs t'ouvrir ici la route ;
Sans lui tu n'es qu'un sot, et personne n'en doute...
La probité, l'honneur, la vertu, le talent,
Tout devient inutile à qui n'a point d'argent.
Plus heureux un brigand enrichi de ruines,
Dont un pays fumant atteste les rapines,
Solde un commis, l'achète, et son or suborneur
Lui tient lieu de vertus, de talens et d'honneur.
On voit bientôt, au gré de ce couple sinistre,
Le crime couronné par la main d'un ministre.
Malheur, alors malheur au railleur imprudent
Qui voudrait démasquer cet heureux intrigant ;
Le pouvoir le tient loin des traits de la critique ;
L'attaquer, ce serait troubler la République.
Libre alors, désormais, au mépris de nos lois,
Ayant payé le sien, il vendra les emplois ;
Et suivant de Verrès les affreuses maximes,
Rien ne lui coûtera, ni bassesses, ni crimes.
Sous ses yeux s'ouvriront ces antres détestés,
Où le démon du jeu dépeuple nos cités :

L'usure aura par lui bientôt un privilége.
De l'immoralité le culte sacrilége,
Protégé par ses soins, obtiendra dans Paris,
Vingt temples consacrés aux Gitons, aux Laïs.
La débauche affrontée inondera la ville,
Et même on donnera patente à Destainville.
Toi donc qui veux encore être utile à l'Etat,
De l'or, et je te fais guerrier ou magistrat;
Mais, dis-tu, les malheurs à sec ont mis ta bourse.
Ecoute, il est encore une heureuse ressource :
Grippon, que je connais, peut prêter galamment
Tout l'argent qu'il te faut, à soixante pour cent;
Il oblige avec joie, et je réponds de l'homme,
Pourvu que quelqu'effet réponde de la somme.
Viens, allons le trouver. Tu recules, je crois,
Je te comprends enfin, pauvre ami, je le vois,
Riche de tes vertus, du reste sans ressource,
Le diable, comme on dit, habite dans ta bourse.
Je voudrais t'obliger; mais le moyen? comment
Aborder un commis quand on n'a pas d'argent?
Le beau sexe, il est vrai, peut lever cet obstacle,
A ton âge on peut tout, essayons un miracle :
Il n'est pas sans exemple, et je veux y penser;
Mais, avant tout, mon cher, dis-moi, sais-tu danser?

As-tu fait de la mode une étude profonde ?
De la perruque brune ainsi que de la blonde,
As-tu bien calculé les effets différens ?
Connais-tu la couleur que l'on porte au printemps ?
Sais-tu parler romans, plumes, chiffons, dentelles ?
Ton mérite, en un mot, perce-t-il chez les belles ?
Connaîtrais-tu Phrosine ? — A quoi bon ce propos !
Elevé dans nos camps et bien loin du repos,
Ai-je pu m'occuper d'un ramas de sornettes,
Futile amusement d'un peuple de caillettes.
J'ai servi mon pays, et je ne puis penser
Que, pour servir encore, il faille bien danser.
— Vous êtes dans l'erreur, car tout se fait en France
Au moyen du beau sexe et surtout de la danse.
Eraste, un certain soir, sut briller dans un bal ;
Le lendemain matin il fut fait général.
Damis a du beau monde et le ton et l'usage,
Quatre lustres complets forment plus que son âge.
Il est vif, sémillant, se connaît en atours,
Disserte sur un voile et fait des calambourgs :
Comme Vestris il danse, et jamais ne se lasse ;
Heureux ! heureux l'objet qu'il choisit pour la walse.
Il a tous les talens : c'est l'homme universel.
Aussi depuis deux jours Damis est colonel,

N'ayant jamais quitté le boudoir de sa mère,
C'est dans le *moniteur* que Damis fit la guerre ;
Il en est moins pédant. Voyez ce vieux guerrier,
Dans nos camps, des combats il apprit le métier,
On l'estime, il est vrai ; mais son ton, son langage,
Ont, malgré sa franchise, un air dur et sauvage.
Il déplaît à Phrosine, on le réformera :
Phrosine aime Damis, il le remplacera.
Fréquente nos laïs, commente l'art de plaire ;
La fortune a bâti son temple dans Cythère :
L'amour et le plaisir t'en ouvrent le chemin.
Mais pourquoi cet air sombre, et d'où vient ce dédain ?
Aurais-tu, par hasard, l'orgueil hétéroclite
D'arriver aux honneurs par ton propre mérite ?
Ce projet peut tomber dans le crâne d'un fou,
Mais ne pourra jamais le tirer de son trou.
Dans son oblique marche imite le reptile,
De la richesse alors le sentier est facile,
Dépouille avec adresse, en abordant les grands,
La franchise picarde et la fierté des camps ;
Lève ce front timide, arme-le d'impudence,
La fortune t'attend ; elle est ta récompense.
Ce n'est qu'en déguisant tes goûts, tes sentimens,
En déchirant le faible et flattant les puissans,

Que tu pourras un jour arriver à son temple.
Or sus , faut-il , mon cher, t'en donner un exemple.
Je puis en citer mille , et crayonner les traits....
Mais , non, prenons l'éponge, effaçons nos portraits ;
Modérons les écarts d'une Muse indiscrète ,
Et que l'homme prudent remplace le poëte.
Taisons-nous ; car enfin a quoi bon te citer
Ceux que du bout du doigt chacun peut te montrer.
Chacun sait et redit les iniques prouesses
De ces grands élevés à force de bassesses.
Je te l'ai déjà dit , je le répète encor :
Il faut savoir ramper , ce talent vaut de l'or.
En vices, j'en conviens , notre système abonde :
Mais bref, c'est en ce siècle ainsi qu'est fait le monde:
On ne peut le changer ; vous voulez y percer :
Le plus court , à son train est de vous conformer.
— Non , non , de Juvénal empruntant la férule....
— Eh ! mon pauvre garçon , vous serez ridicule.
Assez d'autres sans vous ont voulu dans leurs vers.
Réformer nos penchans , nos goûts et nos travers ;
En sommes-nous meilleurs ? On laisse à la beurrière
Et le fade Fonvielle et le verbeux Pinière.
Despaze , dont la plume a gourmandé nos mœurs ,
Sans quelques traits plaisans n'aurait pas de lecteurs.

Le crime mis à nu, choque dans la satire.
Nos jeunes élégans y cherchent de quoi rire.
Réunissez les traits d'un ridicule heureux ;
Immolez quelques sots, vous plairez à leurs yeux.
Mais, sachez respecter les forfaits à la mode ;
Et surtout n'allez pas, satirique incommode,
Parler délicatesse aux nouveaux enrichis,
De justice aux puissans et d'honneur aux commis.
Craignez que de vos vers, purs enfans du caprice,
Des gens plus fins que vous ne cherchent la malice ;
Qu'à force d'éplucher vos caustiques portraits,
De quelqu'homme en crédit ils n'y trouvent les traits.
Misantrope odieux, le seul dessein de nuire,
Vous arma ; diront-ils, des traits de la satire.
Attaquer les abus, c'est en vouloir aux lois.
Dès-lors tout est perdu, crédit, fortune, emplois ;
D'ennemis aboyans le hurlement sinistre
Frappe de votre nom l'oreille d'un ministre.
Il m'a berné, dit l'un, c'est un conspirateur :
Il fronde les abus ; *haro* sur le frondeur.
Le traître ose blâmer nos profits légitimes :
Les pots-de-vin par lui sont mis au rang des crimes.
Il proscrit des emplois notre innocent trafic ;
Braves gens, écrasons cet ennemi public.

Crois-tu pouvoir alors écarter la tempête ?
Non , j'apperçois déjà votre Muse indiscrète
Reléguée au-delà de l'abîme des mers ,
A Cayenne , pleurant vos bons mots et vos vers;
Mais arrête , dis-tu , c'est le prendre au tragique.
Eh bien , aime-tu mieux le dénoûment comique :
Veux-tu voir dix faquins te prenant au collet,
Se souvenant des airs dont ton aigre sifflet
Leur aura par hasard donné la sérénade ,
En revanche t'offrir vingt coups de bastonnade ?
Non, sans doute. En ce cas, mon pauvre ami, crois-moi,
Laisse-là nos abus , dors en paix , reste coi ;
Qu'un bon bouillon contraire aux aspects de la lune,
Chasse de ton cerveau tes projets de fortune ;
Et dans notre province , en dépit des jaloux ,
Pour être enfin heureux, ALLONS PLANTER NOS CHOUX. (*)

(*) Il est bon de prévenir que cette pièce a été imprimée
pour la première fois à *Basle* en 1802. les abus qui y sont
attaqués sont ceux de ce temps-là.

VERS DE SANTEUL

SUR LA POMPE DU PONT NOTRE-DAME.

Sequana cum primum Reginæ allabitur urbi,
Tardat præcipites ambitiósus aquas.
Captus, amore loci, cursum obliviscitur, anceps
Quo fluat et dulces nescit in urbe moras.
Hinc varios implens, lympha subeunte canales
Fons fieri gaudet, qui modo flumen erat.

IMITATION.

La Seine, en approchant des remparts de Lutèce,
De ses flots orgueilleux ralentit la vîtesse,
Serpente en caressant ses rivages chéris,
Et pour voir la Cité souveraine des Lys,
Cherchant loin de son cours des routes souterraines,
Le fleuve, avec orgueil, s'y transforme en fontaines.

LES TROIS JEANNES.

Je connais bien plus d'une Jeanne :
Au Vatican l'une régna jadis ,
L'autre sauva la France avec un âne
Et le secours de monsieur Saint-Denis ;
Celle que j'aime est un peu trop profane
Pour figurer avec ces noms bénis :
Car chacun croit que ce beau nom de Jeanne
N'est qu'un surnom qu'Amour donne à Cypris.

~~~~~~

ÉPITRE A M^r. D. B.

Oui, Damon, tu dis vrai, les Dieux, dans leur colère,
Exaucent, du méchant, la coupable prière.
Ne formons pas de vœux : attendons en repos
Ce que toujours le Ciel nous dispense à propos.
Gardons-nous d'accuser la Sagesse suprême :
L'homme est plus cher aux dieux qu'il ne l'est à lui-même.
Quoi ! le sang des taureaux, les nuages d'encens,
Peuvent-ils donc payer leurs plus faibles présens !
Croirons-nous qu'à la voix d'un prêtre ou d'un augure
L'Eternel interrompt l'ordre de la nature.
Sa providence veille, et nous donne d'en haut,
Non-pas ce qu'il nous plaît, mais bien ce qu'il nous faut.
Soumis, adorons-le. Sa prudence profonde
Prend soin d'un moucheron, et gouverne le monde.
Un atôme insensible est égal a ses yeux,
A ces astres roulans dans l'abîme des cieux.
Cependant les humains, dans un délire étrange,
Des Colonnes d'Hercule au rivage du Gange,

13

Confondent dans leur vœux et les biens et les maux,
Et sur leurs intérêts raisonnent tous à faux.
Pleurons sur leurs erreurs, rions de leur folie.
L'un voudrait du beau temps, un autre de la pluie.
Celui-ci veut du chaud, celui-là veut du froid.
Tous apportent des dons, le prêtre les reçoit.
Ah! si les dieux, séduits par de vains sacrifices,
A nos vœux indiscrets étaient toujours propices,
On nous verrait bientôt, maudissant leurs présens,
Nous plaindre à Jupiter des dieux trop complaisans.
— Mercure, accorde-moi le don de la parole,
Dit ce jeune écolier, sur les bancs de l'école;
Et cet autre, brûlant de signaler son bras,
Appelle à son secours Mars, Bellone et Pallas.
Cependant l'orateur qui tonne à la tribune
Croit marcher à la gloire ainsi qu'à la fortune.
Je vois dresser pour lui d'odieux échafauds,
Et sa tête rouler sous le fer des bourreaux.
Intrépide guerrier, j'admire ton audace!
Tu dédaignes la toge, et tu prends la cuirasse:
La victoire est fidèle à suivre tes drapeaux;
Un laurier va bientôt payer tous tes travaux.
Mais un viellard aveugle, accablé de misère,
Etend vers toi la main : tiens, vois, c'est Bélisaire!

Fortune ! c'est de l'or que demandent nos vœux ?
De l'or ! toujours de l'or. En voilà , malheureux....
Tes celliers cependant et tes granges sont pleines.
De même que l'on voit les énormes baleines
Engloutir dans leurs flancs les timides dauphins ,
Ta fortune engloutit celle de tes voisins ;
Mais , sans examiner s'il doit servir ou nuire ,
Plus l'avare a de biens , et plus il en désire.
De ses vœux à toute heure il fatigue Plutus.
Il est riche. Eh ! qu'importe? il faut l'être encor plus.
Ah ! combien de soucis s'accumule et prépare ,
En amassant de l'or, cet imprudent avare !
Il ne dort déjà plus : au seul bruit des clairons
Il voit le soldat près d'envahir ses moissons.
J'entends le tambourin et la douce musette :
Il entend le tambour et l'affreuse trompette.
Il croit revoir ces temps où , pour ravir leurs biens ,
Des tyrans à la mort livraient nos citoyens.
Je suis perdu , dit-il ! Ah ! fortune maudite ,
On convoite mon or et ma tête est proscrite ;
Un riche est criminel, ses biens sont ses forfaits :
Ma tête doit tomber. Le pauvre dort en paix ,
Craint peu des assassins l'odieuse cohorte :
Il ouvre , sans trembler , quand on frappe à sa porte.

Voyez le voyageur : porte-t-il un peu d'or ,
Il tremble qu'un brigand n'enlève son trésor.
Le vent souffle à travers les roseaux du rivage :
Ce bruit inattendu vient glacer son courage.
Mais , exempt de soucis quand il n'a point d'argent ,
Il brave les voleurs , et chemine en chantant.
Mortels , bornez vos vœux ; une immense fortune
A toujours de dangers une suite importune ;
Toujours à ses côtés marche la trahison :
C'est dans des vases d'or que se boit le poison. (*)

(*) Cette pièce est une traduction de quelques passages de la
10.e Satire de Juvénal ; c'est à-peu-près tout ce qui m'est resté
d'une assez grande quantité de morceaux de ce poëte que j'avais
entrepris de traduire étant fort jeune. J'ai perdu tous ces frag-
mens , et je suis loin de les regretter , surtout depuis que je
connais la traduction complète que vient de publier de ce satirique latin , M. Raoul, Professeur d'Eloquence à l'Université de
Gand. On trouvera son ouvrage , avec la traduction de Perse ,
chez les libraires où se trouve mon Recueil. M. Raoul nous promet
encore une traduction des Satires d'Horace. La manière élégante
avec laquelle il a traduit Perse et Juvénal fait attendre avec
impatience ce nouvel ouvrage.

LES ADIEUX DU JEUNE PAULIN.

SONNET.

Les Grâces, les Amours, les Vertus, les Talens,
Rien des traits de la Mort, rien n'a pu le défendre.
Sous sa faulx, la cruelle, hélas! vient de l'étendre
Comme un arbuste en fleur arraché par les vents.

Tel on dit que le cygne en douloureux accens,
Célèbre son trépas aux rives du Méandre;
Tel au banquet des morts étant près de descendre,
Paulin, tu modulais ces adieux déchirans :

« Faut-il, si jeune hélas! quitter ma tendre mère !
» Faut-il à dix-sept ans te quitter ô mon père !
» Mais, le Destin le veut.... Embrassez votre fils.

» Adieu vous dis ! » Sa main, sur le clavier sonore,
Touche le chant funèbre, et sa voix dit encore :
» Embrassez votre enfant; je meurs.. Adieu vous dis »

(*) A ses derniers momens il voulut exécuter sur le piano
une romance dont le refrain est : adieu vous dis.

~~~~~~

Q. HORATII FLACCI,

ODARUM LIBER SECUNDUS,

Ode X,

ad Licinium Murenam.

Rectius vives, Licini, neque altum
Semper urgendo: neque, dum procellas
Cautus horrescis, nimium premendo
Littus iniquum.

Auream quisquis mediocritatem
Diligit, tutus caret obsoleti
Sordibus tecti, caret invidendâ
Sobrius aulâ.

i

TRADUCTION

DE LA Xe. ODE DU IIe. LIVRE D'HORACE,

à Licinus Muréna.

Opposez, Licinus, la prudence au courage ;
Loin de tous les excès, le bonheur suit le sage.
    Si vous quittez le port,
Vous n'irez pas au loin affronter la tempête,
Ni trop près des récifs heurter la roche prête
    A vous donner la mort.

Le destin a placé bien loin de l'opulence,
Comme loin des réduits de la triste indigence,
    Le bonheur et la paix.
Sous un modeste toît, d'or se file la vie ;
Cependant, que les soins les soucis et l'envie
    Habitent les palais.

Sæpiùs ventis agitatur ingens

Pinus : et celsæ graviore casu

Decidunt turres, feriuntque summos

    Fulmina montes.

Sperat infestis, metuit secundis

Alteram sortem benè preparatum

Pectus. Informes hiemes reducit

    Jupiter, idem

Summovet : Non, si malè nunc, et olim

Sic erit : Quondam citharâ tacentem.

Suscitat Musam, neque semper arcum

    Tendit Apollo.

Sur lui l'ambitieux appelle la tempête ;
Ce pin altier s'élève, il offre mieux sa tête
     Aux coups des aquilons ;
Les palais de leur chute épouvantent la terre,
Et Jupiter se plaît à lancer son tonnerre
     Sur la cime des monts.

Immobile au milieu du sentier de la vie,
S'il résiste aux chagrins, le sage se défie
     Des volages plaisirs :
Il sait qu'un même Dieu, tour-à-tour sur nos plaines,
Fait souffler des autans les fougueuses haleines
     Et celles des zéphirs.

La Fortune est légère. Inconstante déesse,
Demain tu peux changer nos pleurs en allégresse.
     Quand, laissant son carquois,
Phébus détend son arc, il reprend son sourire,
Il réveille ses sœurs, il accorde sa lyre
     Aux accens de leur voix.

Rebus angustis animosus, atque

Fortis appare: sapienter idem

Contrahes vento nimium secundo

Turgida vela.

———————

Sur ta fragile nef lorsque gronde l'orage,
Aux coups de la tempête oppose ton courage ;
    Quand s'appaisent les vents,
Redeviens plus timide, observe les étoiles ;
Et garde-toi trop tôt d'abandonner tes voiles
    Aux zéphirs inconstans.

~~~~~~

RONDEAU

A Mlle. J. B.. qui m'en demandait un.

Pour te le faire ; ô ma chère Manon,
N'irai dormir certes sur l'Hélicon ;
Point ne boirai l'onde insipide et claire
Que Mons Phébus verse de son aiguière,
A ses rimeurs dans le sacré vallon.
D'un vin d'Aï fais sauter le bouchon,
Abreuve-moi de sa mousse légère,
Joli refrain trouverai dans mon verre ;
Rondeau naîtra, car veilà ma façon
      Pour te le faire.
Quand un vin frais brille dans la fougère,
Certes, Bacchus vaut bien un Apollon.
Si cependant du frippon de Cythère
Je veux encore aller prendre leçon,
Cil mieux qu'eux tous connaît gente façon
      Pour te le faire.

MORALITÉ.

Lᴀ vie est, dit-on, un voyage :
S'il est ainsi, tâchons de l'égayer :
Que Comus et Bacchus soient du pélérinage ,
Et qu'Amour, s'il se peut, soit notre nautonier ;
Dans le port du plaisir il conduit la jeunesse.

Embarquons-nous avant que les autans
Flétrissent sur nos fronts les roses du printemps ,
    Et que l'ennuyeuse Sagesse
Conduisant des dégoûts le pesant attirail ,
    De notre esquif prenne le gouvernail.

        D'une aîle légère
        Le Dieu de Cythère
        Fuit avec le temps.
        Zéphir dans la plaine
        Tous les ans ramène
        Flore et le Printemps.
        Les prés rajeunissent ,

Rosiers refleurissent
Au fond de nos bois ;
Mais notre jeunesse
Qui s'enfuit sans cesse ,
— Ne vient qu'une fois.

———

~~~~~~

CAPRICE.

Récit de basse-taille.

De ce sot genre humain ; je suis las à l'excès ,
    Dit un jour l'éternel Arbitre :
    C'est en vain que je le chapitre ,
L'homme s'en rit. — Punissons ses forfaits.
       Comme un verre
       Brisons la terre ;
    Lâchons la bride à ma colère.
Ces faquins-là osent manquer de foi
    A leur Maître éternel !... à moi !...
Aux eaux du ciel il faut lâcher la bonde ;
Faisons de l'univers un immense tombeau.
Allez , ingrats , allez , que le Ciel vous confonde.
Pour punir vos forfaits , vous boirez tous de l'eau.

~~~~~~

L'ALCORAN ET L'ÉVANGILE.

J'AIME assez Mahomet : son paradis des femmes ,
    Plein de houris aux grands yeux bleus ,
    Me parait des plus gracieux.
    Dieu veuille donc qu'un jour nos âmes
    S'ébaudissent dans ces beaux lieux.
    Point n'est de bonheur sans les dames.
Cet article de foi de tout bon musulman ,
Me fait , mes bons amis , pencher pour l'Alcoran.
Mais il veut nous priver du doux jus de la treille ;
    Quoi ! renoncer à la bouteille !
    Palsembleu , je crois que Jésus
    Pensait beaucoup mieux là dessus ;
Il buvait de bon vin et permettait d'en boire.
    Même , si j'en crois son histoire ,
    Un jour , aux noces de Cana ,
    Il en bût tant qu'il en manqua ;
Qu'on m'apporte , dit-il , quelque large ustensile ,
    Un baquet , un tonneau ,
    Qu'on le remplisse d'eau ,

On verra si je suis habile...
On obéit. Par son ordre divin,
L'eau devint
Vin
De Chambertin.
Ce miracle a fixé mon esprit versatile ;
L'Alcoran a du bon, mais vive l'Evangile.

———————

~~~~~~

LES VOLEURS ET LE PAUVRE HÈRE.

CONTE.

Dans le taudis d'un pauvre hère,
  Certains voleurs entrèrent une nuit,
  S'imaginant avoir un coup à faire.
Le patron du logis entendant quelque bruit,
Frottant ses deux gros yeux, se trémousse et s'éveille,
Puis leur dit : mes amis , se serait grand' merveille ,
Si trouviez, quand fait noir ici comme en un four,
Le métal que jamais je n'y vis en plein jour.

~~~~~~

MES VŒUX REMPLIS.

STANCES.

AIR : *Comme j'aime mon Hypolite.*

Du sort je me plaignais aux dieux :
Jupin entendit ma prière ;
Exauçons-le , qu'il soit heureux ;
Bonheur , revole vers la terre.
Il est , dit l'Hymen à l'Amour,
Un bon moyen que j'imagine,
Unissons-nous, et dans ce jour ,
Mon frère , offrons-lui sa Rosine.

Prenons le soin de l'embellir ,
Se disent tout bas les trois Grâces ;
Près d'elle menons le Plaisir :
Jeux , Amours , volez sur nos traces.
Ensemble unissons les attraits
De Junon , Pallas et Cyprine ;

Mais en trouverons-nous jamais
Qu'on ne rencontre chez Rosine.

La foudre en main , sur l'aigle assis ,
Jupin m'apparût dans sa gloire :
Veux-tu voir tes gestes écrits ?
Dit-il , au temple de mémoire,
Veux-tu de l'immortalité ?
Veux-tu ma puissance divine ?
Non , non , certes , en vérité ;
Pourrais-je survivre à Rosine ?

Vint alors le Dieu des combats ;
A ses côtés marchait la Gloire.
Viens , suis-nous , dit-il , sous ton bras
Nous enchaînerons la Victoire.
Eh quoi ! lorsque l'aimable Paix
Te ramène aux pieds de Cyprine,
O Mars , pourrais-tu bien jamais
M'enlever d'auprès de Rosine !

Suivi de Faunes demi-nuds ,
Barbouillés du jus de la treille ,
Veux-tu goûter , me dit Bacchus,
Deux doigts de ma liqueur merveille ;

Volontiers ; j'aime le bon vin :
Il dissipe l'humeur chagrin ;
Mais ce nectar serait divin ,
S'il m'était versé par Rosine.

Les muses , me dit Apollon,
T'offrent la palme du Génie ;
Pour toi coule au pied d'Hélicon
La fontaine de Castalie.
Prends ma lyre , ose l'animer ;
Touches-en la corde divine ;
Qu'ai-je besoin de t'inspirer ,
N'as-tu pas les yeux de Rosine.

IMITATION

DE LA Iʳᵉ. ODE D'ANACRÉON.

Aɪʀ : *Aussitôt que la lumière.*

De Cadmus et des Atrides
J'allais chanter les exploits,
Fuyant des sons homicides ,
Mon luth échappe à mes doigts ;
Ma voix célèbre la guerre ,
Et mon luth tout au rebours ,
Chante les yeux de Glicère ,
Les jeux, les ris , les amours.

Un jour , de corde nouvelle
Je prends soin de le monter ,
Et pour ta gloire immortelle ,
Alcide je veux chanter ;
Mais hélas ! comment donc faire ,
Mon luth , malgré moi , toujours

Chante les yeux de Glicère ,
Les jeux, les ris , les amours.

Adieu vaillant fils d'Acmène ,
Adieu héros d'Illion ,
Je vous chantais sans haleine
Bien mieux vaut baisser d'un ton,
Qu'un autre chante la guerre.
Sur mon luth je veux toujours
Chanter les yeux de Glicère
Les jeux , les ris , les amours.

~~~~~~

SONNET.

Le désir insensé d'éterniser son nom
Impose un joug de fer aux mortels qu'il enivre.
Tel consume son temps à pâlir sur un livre,
Tel autre à tous propos affronte le canon.

On se croit un Voltaire, on se croit un Crillon ;
C'est la gloire, dit-on, la gloire qu'il faut suivre !
J'en connais le néant, sans soucis je veux vivre.
Pourrais-je après ma mort jouir de mon renom ?

Il est plus d'une épine au rosier de la vie.
Mourir pour vivre un jour me semble une folie.
Sans jamais les outrer, pratiquons les vertus.

Le bruit tant recherché que fait la Renommée,
Pendant que nous vivons, n'est qu'un peu de fumée ;
Et c'est bien moins encor quand nous ne vivons plus.

QUELQUES CHANSONS.

PETITE DÉDICACE

A mon ami P. J. De Béranger.

Air *du Roi d'Yvetot.*

Ça, sous l'égide d'un patron ,
    Plaçons mes chansonnettes ;
Un grand me répondra : fi donc !
    Protéger des sornettes....
Si je vais trouver un savant ,
Il va me dire en calculant :
        Vraiement ;
$A\ b + x, \ y - a$
Mon cher monsieur, je n' sors pas d'là.
    La , la.

15

Mais , les favoris de Plutus...

— Fi donc ! me dit ma Muse ,

On croira que pour des écus

J'enfle ma cornemuse.

Les gens que tu viens de nommer,

Mon cher, il faut les chansonner,

Berner ,

Oh ! oh ! oh ! oh ! ah ! ah ! ah ! ah !

Ils sont faits tout exprès pour ça ,

La , la.

Mais , si tu veux , chez Apollon ,

Entrer après tes maîtres ,

Pour guide choisis un luron

Qui connaisse les êtres ;

Celui que ce Dieu protégea ,

C'est ton Mecène , le voilà

Là , là.

Oh ! oh ! oh ! oh ! ah ! ah ! ah ! ah !

Notre ami Béranger est là ,

C'est ça.

L'ÉPICURIEN.

CHANSONETTE.

Air de la contredanse de Psychée.

V<small>ENUS</small>
Et Comus,
Et Bacchus
Et Momus,
Sont les dieux
Qu'en ces lieux
Nous fêtons,
Nous chantons ;
　Appas
Délicats,
Longs repas
Maigre et gras,
Table et lit,
Tout sourrit,
On nourrit.

Tendrons ,
Aux bouchons,
Vos mains font
Faire un bond.
Au plafond
Le vin fuit ;
Il jaillit
Et l'on rit.
 Ce vin
Est divin ;
Il nous dit
Quand il fuit ,
Saisissez
Et fixez
Le plaisir
Prêt à fuir.
 Venus , etc.

L'amour volage
Fuit avec l'âge ;
Moi , j'use en sage
 Des jours ,
 Des amours ,
 Jaloux ,
Le temps nous

Otera,
Eteindra
Nos soupirs,
Nos désirs;
L'amour fuit,
Tout est dit;
Mais, Dieu fit
L'appétit.
 Venus
Et Comus,
Et Bacchus
Et Momus,
Sont les dieux
Qu'en ces lieux
Nous fêtons,
Nous chantons;
 Appas
Délicats,
Long repas
Maigre et gras,
Table et lit,
Tous nous rit,
Ou nourrit.

MON CARACTÈRE.

AIR : *La boulangère a des écus.*

Vous voulez savoir, mon voisin,
 Quel est mon caractère ?
J'aime les femmes et le vin ,
 Le jeu , la bonne chère ;
J'aime à chanter, soir et matin ,
 Tout en vidant mon verre ,
   Un refrain ,
Voilà mon caractère.

En bokey je mène Catin ,
 Au galop , à Cythère ;
L'amour , petit jokey malin ,
 Se cramponne derrière.
 Me blâme-t-on d'aller grand train ?
J'ai six postes à faire
   En chemin :
Voilà mon caractère.

J'ai déjà mangé le frusquin
    Que m'a légué mon père,
L'héritage d'un vieux cousin,
    Les rentes de ma mère ;
A présent d'un oncle germain
    Je liquide la terre
        En bon vin :
Voilà mon caractère.

Nargue du grec et du latin,
    De Virgile et d'Homère,
Je vaux, le cornet à la main,
    L'académie entière.
Au lieu de prendre un vieux bouquin,
    Je prends pour mon breviaire
        Un sixain :
Voilà mon caractère.

La bobine est-elle à sa fin ?
    Que fait la filandière ?
Est-ce de la laine ou du lin ?
    Ce n'est pas mon affaire.
Moi, je m'en rapporte au Destin,
    Et je ne songe guère
        A demain :
Voilà mon caractère.

Le bonheur, que l'on cherche au loin,
N'est qu'une bille à faire ;
Je bloque la bille au grand coin ;
Je bloque ma bergère ,
En attendant qu'un médecin
Me bloque au cimetière.
Voisin :
Voilà mon caractère.

Écrit sous la dictée de M. Philibert cadet.

LE BARON DE LANTURLU,

ou

LE FÉODALISTE DÉSAPOINTÉ.

Air : *Pierrot partant pour la guerre;*
ou , *Alte-là ! la garde royale est là.*

N'AYANT pour tout équipage ,
Qu'un cheval borgne et fourbu ,
Il rentre dans son village ,
Le *baron de Lanturlu ;*
En voyant sur son passage
Maint et maint hurluberlu ,
Il leur dit : suivant l'usage
Chantez le dernier venu ,
  Lanturlu , (*bis.*)
Le bon temps est revenu.

LE BARON AU CURÉ.

Curé , je viens dans ma terre ,
Mon vieux château m'est rendu ,
Tu vas encenser , j'espère ,
Mon très-noble individu ;

A tes vilains prêche en chaire
Le haut respect qui m'est dû :
Et tu dîneras , compère ,
Au château , bien entendu ;
　　Lanturlu , (*bis.*)
Le bon temps est revenu.

Que l'on célèbre à ma gloire ,
Un *Te Deum* impromptu ,
Tes chantres auront pour boire
Plus qu'en vingt ans ils n'ont bu ;
Aux dévotes fais accroire
Que mon retour imprévu
Est une preuve notoire
Du retour de la vertu ;
　　Lanturlu , (*bis.*)
Le bon temps est revenu.

Je rétablis ma garenne
Et mon colombier pointu ;
Lièvres , lapins dans la pleine
Ne laissent pas un fêtu.
Le vilain sème sa graine ,
Je mange un pigeon dodu ,
Et j'arrose ma bedaine
De sève de bois tortu ;

Lanturlu, (*bis.*)
Le bon temps est revenu.

Comme au sein d'un marécage
Mon manoir est *in castu*,
Des grenouilles le ramage
Rend mon somme interrompu.
Vîte , manans, à l'ouvrage ,
Prenez un long bois fourchu :
Faites cesser ce tapage,
Que mon fossé soit battu ;
    Lanturlu , (*bis.*)
Le bon temps est revenu.

J'avais le *droit de jambage* ,
Mon titre n'est pas perdu ;
J'en rétablîrai l'usage ,
Quel plaisir ! le conçois-tu ?
La veille d'un mariage ,
Sur un tendron ingénu ,
Je leve..... malgré mon âge ,
Le joli droit qui m'est dû ,
    Lanturlu , (*bis.*)
Le bon temps est revenu.

LE CURÉ AU BARON.

Monseigneur , hélas tout cesse !

Ici plus d'un malotru
Ne reconnait de noblesse
Que celle de la vertu.

LE BARON.

Eh bien ? mon cher, à confesse
Montre-leur, en apperçu,
La marmite vengeresse
De Satan au front cornu ;
   Lanturlu, (*bis.*)
Le bon temps est revenu.

LE CURÉ.

Que font les cornes du Diable
A ce paysan têtu ?
D'une Charte respectable
Il connait le contenu.
Monseigneur, chose effroyable !
C'est le Roi qui l'a voulu.
Lisez.....

   LE BARON *après avoir lu la Charte.*

   C'est épouvantable,
Ah ! curé, tout est perdu !
   Lanturlu, (*bis.*)
J' croyais l' bon temps revenu.

LES QUATRE QUARTIERS,

COUPLETS LUNATIQUES

Air de Fanchon.

NOUVELLE LUNE,

Lorsque la lune est nouvelle,
Bien des gens dans la cervelle
Ont certain dérangement :
Cela se voit très-souvent.
Changer en feu poétique
L'influence lunatique
De Phœbée au front d'argent,
Oh ! c'est bien rare à présent

PREMIER QUARTIER,

Au clair de lune , en cachette,
Je cherche jeune fillette
A l'œil doux et caressant :
Je la rencontre souvent.

16

Mais je veux pour mon ménage,
Femme à la fois douce et sage ;
La lune est dans le croissant :
Oh ! c'est bien rare à présent !

PLEINE LUNE.

Faisant des trous à la lune,
Mondor devers la fortune
S'avançait en grapillant :
Cela se voit très-souvent.
Quand la lune devint pleine,
Ronde devint sa bedaine ;
Mondor n'est pas insolent :
Oh ! c'est bien rare à présent !

DERNIER QUARTIER.

En amour comme en finance,
Le dernier quartier s'avance ;
Jouissons en attendant :
Je le répète souvent.
Quand le décours de la lune
Met en décours la fortune,
Trouver un ami constant,
Oh ! c'est bien rare à présent !

~~~~~~

DU BON.

CHANSONETTE.

Air : *Tartare, pon, pon.*

On exige du bon ,
Et cela m'épouvante ;
Même chez les quarante
Il est rare , dit-on.
Comment faire ? Eh mais , diantre !
Il faut , pour ma chanson ,
Dans le refrain qu'il entre
  Du bon.

A moi, mon Apollon !
A moi , Muse légère !
Il faut chanter , ma chère ;
Mais rien ne me répond.
Allez vous faire faire ,
Nymphe de l'Hélicon ,

Je ne saurais rien faire
De bon.

Collé , Gallet , Piron ,
Et Pannard en goguette ;
Rimant la chansonnette ,
Buvaient sec et du bon.
Usons de la recette ;
Ci-gît , sous-le bondon
De ma vieille feuillette ,
Du bon.

Nargue de l'Hélicon ,
Nargue de l'Hypocrène ;
Pour enflammer ma veine ,
Parlez-moi d'un flacon.
Quand de sa main Glycère
Fait sauter le bouchon ,
Et verse dans mon verre
Du bon.

La fièvre et le canon ,
La peste et la gravelle ,
Emplissent ta nacelle ,
Inflexible Caron.

Cependant sur la terre,
Le gentil Cupidon
Mêle à tant de misère
    Du bon.

Je suis franc, je suis rond :
J'aime la bonne chère ;
Je déteste l'eau claire :
J'adore mon tendron.
Franchement je préfère
Epicure à Platon ;
Tu vois que j'ai, compère,
    Du bon.

Assis sur un bondon,
Sous une verte treille,
De sa liqueur vermeille
Bacchus m'offre un flacon.
A ma flûte légère,
Momus donne le ton :
Ma foi, c'est là, j'espère,
    Du bon.

MONSIEUR BADAUDIN.

Air : *Jean-Gilles , mon gendre.*

Au canton de Nanterre ,
A Paris , près Pantin ,
Tout enivrait naguère
Badaudin mon voisin.
A présent Badaudin
Met de l'eau dans son verre ,
A présent Badaudin
Met de l'eau dans son vin.

Tout énivrait naguère
Badaudin mon voisin ;
Il me disait : compère ,
Le peuple est souverain.
Va , crois-moi , Badaudin ,
Mets de l'eau dans ton verre ,
Va , crois-moi , Badaudin ,
Mets de l'eau dans ton vin.

Il me disait: compère ,
Le peuple est souverain ,

Il régnera, j'espère,
Une pique à la main.
Va, crois moi Badaudin, etc.

Il régnera, j'espère,
Une pique à la main.
Le peuple, mon compère,
Pille ton magasin.
A présent Badaudin, etc.

Le peuple, mon compère,
Pille ton magasin.
Maudissant Robespière,
Et Marat l'inhumain.
A présent Badaudin, etc.

Maudissant Robespière,
Et Marat l'inhumain,
Bonaparte est, j'espère,
Un bon Républicain!
Va, crois-moi, Badaudin, etc.

Bonaparte est, j'espère,
Un bon Républicain;
Mettons à ce compère
Le gouvernail en main.
Va, crois-moi, Badaudin, etc

Mettons à ce compère
Le gouvernail en main.
On dit que le Saint-Père
Doit arriver demain.
Va, crois-moi, Badaudin, etc.

On dit que le Saint-Père
Doit arriver demain,
Qu'à l'huile il va nous faire
Un petit Antonin.
Va, crois-moi, Badaudin, etc.

Qu'à l'huile il va nous faire
Un petit Antonin.
Courbe ta tête altière
Devant ton souverain ;
Va, crois-moi, Badaudin, etc.

Courbe ta tête altière
Devant ton souverain ;
Il ne te faut, compère,
Qu'un théâtre et du pain.
Va, crois-moi, Badaudin,
Mets de l'eau dans ton verre ;
Va, crois-moi, Badaudin,
Mets de l'eau dans ton vin.

~~~~~~

C'EST ÇA.

CHANSONNETTE,

avec accompagnement de vin de
Champagne.

Air : *Tontaine, tonton.*

Mes amis, on veut que je chante :
A-t-on du Champagne ? — En voilà.
— C'est ça, c'est ça, mes amis, c'est ça.
Voyons : sa mousse pétillante
Me charme et m'inspire déja :
C'est ça, mes amis, c'est ça.

On poursuit le bonheur sans cesse ;
Mais Bacchus nous dit : le voilà :
C'est ça, c'est ça, mes amis, c'est ça.
Rang, crédit, dignité, richesse,
Dans ma bouteille, tout est là :
C'est ça, mes amis, c'est ça.

Gare ! pan ! pan ! le bouchon vole :
Vîte , buvons ; le vin s'en va :
C'est ça , c'est ça , mes amis , c'est ça.
De plaisir nous tenons école ;
Argumentons sur ce fait là :
C'est ça , mes amis , c'est ça.

Je crois qu'Amour , ce petit drôle ,
Sommeillait dans ce flacon là :
C'est ça , c'est ça , mes amis , c'est ça.
Je l'ai gobé , sur ma parole ;
Dans mon cœur je le sens déjà :
C'est ça , mes amis , c'est ça.

Fripon , tu désertes Cythère ;
Eh bien ! on t'y reconduira :
C'est ça , c'est ça , mes amis , c'est ça.
Je veux ce soir , à ma bergère ,
Remettre ce polisson-là :
C'est ça , mes amis , c'est ça.

~~~~~~

LE VAUDEVILLE MALIN.

CHANSONNETTE SANS MALICE.

A mes Confrères des Soupers de Momus.

Air : *Ziste et zeste, et point d' chagrin.*

LE Bon-Sens un jour, nous dit-on,
 Epousa la Folie ,
Bientôt il nâquit un poupon
 A mine réjouie ;
  Un gai tambourin ,
  Un joyeux refrain
  Vont le mettre en train.
Et ziste et zeste , et point d' chagrin ,
C'est le vau , c'est le vau , le Vaudeville.
Et ziste et zeste , et point d' chagrin ,
  C'est le Vaudeville
   Malin.

Bien mieux qu'un gros bénédictin,
 Qu'un ermite à sandale ,

Momus, la marotte à la main,
    Lui montra la morale,
        Criblant de bons mots
        Les méchants, les sots
        Au bruit des grelots.
Et ziste et zeste, et point d'chagrin, etc.

Voyant Zéphir et Cupidon
    Voltiger à merveille,
L'enfant voulut qu'on lui fît don
    Des aîles d'une abeille ;
        Il prend l'aiguillon,
        Et mon papillon
        Vole en tourbillon.
Et ziste et zeste, et point d'chagrin, etc.

On le vit bientôt Ménestrel,
    A Marseille, en Provence,
Et puis de castel en castel
    Il fit son tour de France,
        Débitant du sel,
        Débitant du miel ;
        Mais jamais de fiel.
Et ziste et zeste, et point d'chagrin, etc.

Il chansonna de Mazarin
    Les édits de finance.
On dénonça mon libertin.
    Bah! dit son Eminence,
        Laissez le marmot
        Rire d'un bon mot,
        Il paîra l'impôt.
Et ziste et zeste, et point d' chagrin; etc.

De débuter à l'Opéra
    Il eut la fantaisie;
Pour sa voix on lui proposa
    Un secret d'Italie.
        Le joyeux Piron
        Lui dit, mon luron,
        Laisse le fredon.
Et ziste et zeste, et point d' chagrin, etc.

Piron, Pannard, Collé, Gallet
    Le mirent en goguette,
Ils lui firent au cabaret
    Chanter la chansonnette,
        Qui berna les sots
        Et les faux dévots

En vidant les pots ?
Et ziste et zeste, et point d' chagrin, etc.

Avec Mars, voilà qu'un beau jour
L'espiègle entre en campagne,
Tantôt fiffre, tantôt tambour,
Partout il l'accompagne.
Au Caire, à Moscou,
Et je ne sais où,
De gloire il est fou.
Et ziste et zeste, et point d' chagrin, etc.

De par Momus l'enfant gâté,
Dans ces temps de souffrance,
Devient de la franche gaîté
Conservateur en France.
Songez, mes amis,
Qu'il vous a commis
La garde des ris,
Et ziste et zeste, et point d' chagrin,
C'est le vau, c'est le vau, le Vaudeville.
Et ziste et zeste, et point d' chagrin,
C'est le Vaudeville
Malin.

———————

TABLE.

FABLES ITALIENNES.

POÉSIES DIVERSES.

QUELQUES CHANSONS.

~~~~~~

ERRATA.

Page.	Ligne.	TEXTE VICIÉ.	CORRECTION.
6	18	morales un enfant.	morales à un enfant
15	10	J'e	Je
36	19	Par ainsi	Or ainsi
54	12	qu'il perd	qui perd

59 Chaque singe en pleurant va quitter sa compagne,
ajoutez : Mais il faut entrer en campagne.

77	3	lui disant	lui disait
91	14	S'en séparer	L'en séparer
139	4	dulces nescit	dulces nectit
146	7	sordibus tecti,	sordidus tecti.
158	6	mes amis, se serait	mes amis, ce serait
160	22	liqueur merveille	liqueur vermeille
163	3	Acmène	Alcmène

www.ingramcontent.com/pod-product-compliance
Lightning Source LLC
Chambersburg PA
CBHW051829020726
47502CB00005B/1694